新しい考え
どくだみちゃんとふしばな6

吉本ばなな

幻冬舎文庫

新しい考え

どくだみちゃんとふしばな 6

目次

よしなしごと

出会うこと気づくこと

秘訣いろいろ

本文写真：著者
本文中の著者が写っている写真：井野愛実　田畑浩良

よしなしごと

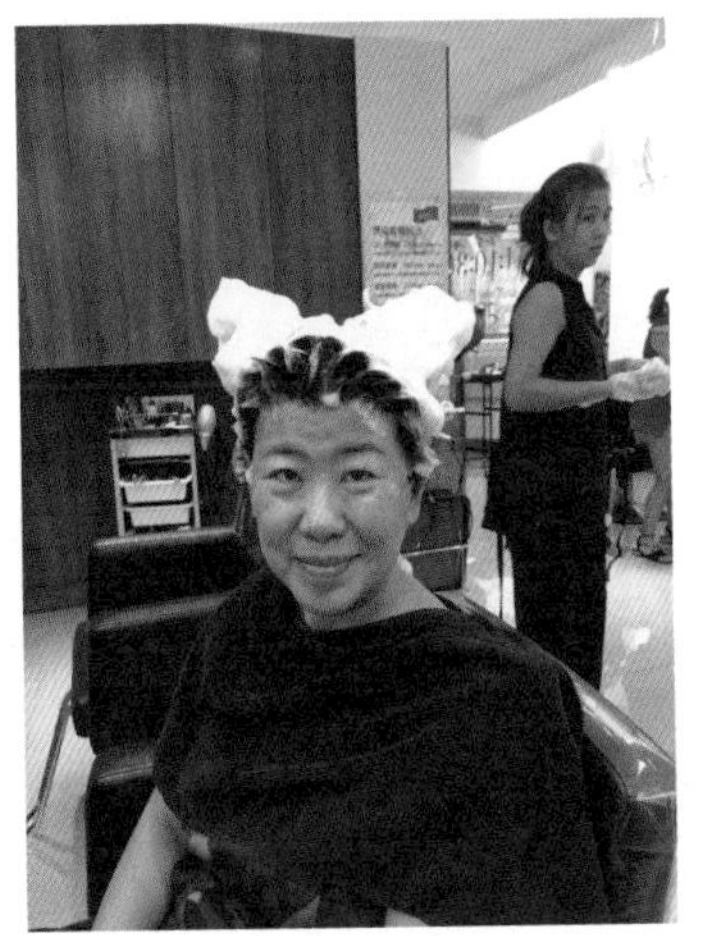

すごい年だった

◎今日のひとこと

今年はいったいなんだったんだ？

というくらい、去年の末に見た景色と私の景色は違っています。

三年分くらい成長……しているといいけど。不思議！

友だちはもういないわ（去年の年末にごはんを食べたのが最後の一緒の外出だった）、青春をともに歩んださくらももこちゃんも、このあいだごはん食べて一緒に鍼に行ったかと思ったらあっという間にいなくなってしまうわ（お金や社会現象の規模は違えど、大ブレイクして同じたいへんな目にあって、男の

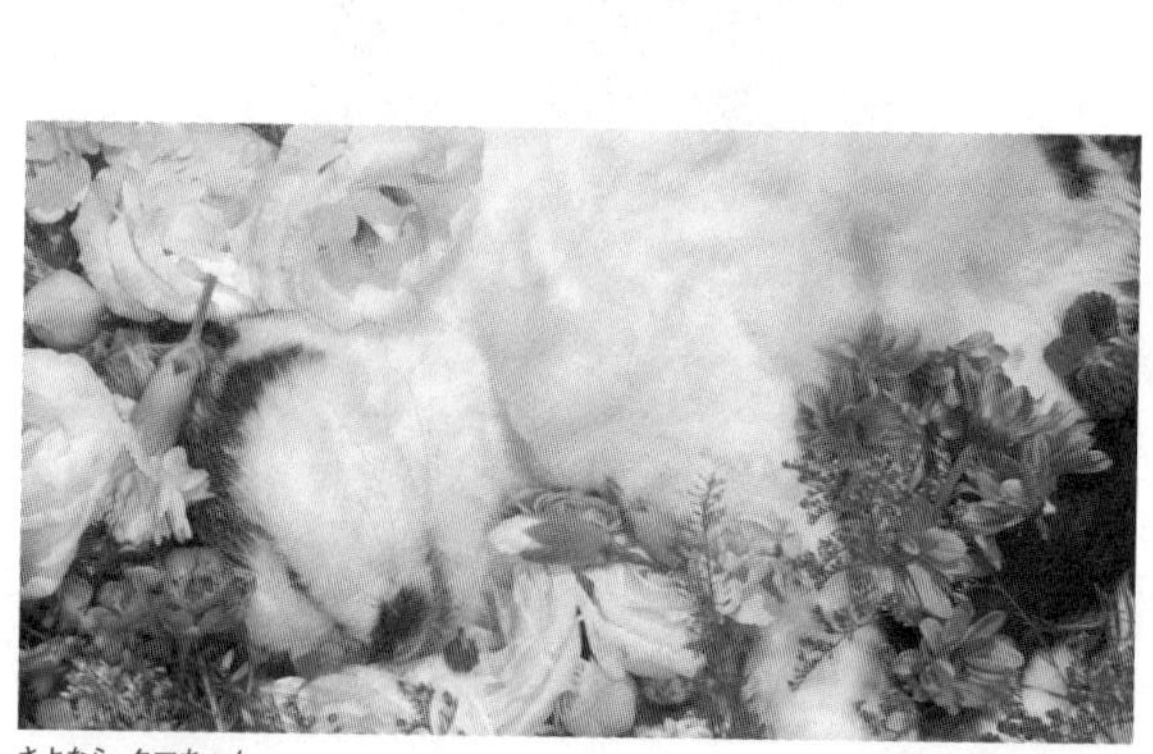

さよなら、タマちゃん

子を産んでいるという点で、宇多田ヒカルさんとももちゃんは戦友のような感じがする）、犬猫を立て続けに三匹も失うわ（お寺の人が虐待を疑うんじゃないかくらい）、もうむちゃくちゃ。

こんなに世界の景色が変わってしまうなんて。

新しすぎて全く未知！　これはこれでエンジョイするしかないのかもしれないというのが、目の前が砂漠みたいになっていた私の新しい気持ちです。

今はそんな気持ちになれないよという方たちも、きっとそんな日が来ます。

愛しきれば、悲しみの時間は短い。

ももちゃんとは、昔のご主人と私がけんかしたことで、一度ご縁が切れました。その前は毎週のように遊びに行っていたので淋しかったけれど、これからの人生を共にする（しなかったけどね）夫婦の関係のほうが大切だし、しかたないと思いました。

でも赤ちゃんが生まれたと聞いたとき、思い切って電話してみたのです。

おめでとう、と言ったら、電話の向こうでももちゃんが泣いていたのを覚えています。

あのときの私、よく電話した。ほめてあげたい。たとえばもし元ご主人が出たら、電話はバシッと切られていただろうから。

でも、そこは運命的に、やっぱりももちゃんが出たのです。

おかげで最後の最後まで仲良くいられたのですから。

いつのまにかよく知らなかったチビ犬や猫

が目の前でどんどん大きくなっていく。
それはそれはまぶしい速度とぴちぴちの細胞で。
いつのまにか私たち夫婦がいちばん家の中で古びてました　笑。
もっと古びるまで、あとひと勝負！　楽しまなくちゃ。

ああ、ほんとうに、もうひと勝負くらいしか残ってない。
人生ってほんとうに短い。

あまりにも世話がたいへんだから、歳をもっと取ったらゆくゆくは犬一猫一くらいがいいね、と言っていた私たちだけれど、いつのまにか実際にそうなっちゃって、ぽかんとしています。

すぐ背中に乗ります

それってこんなに静かなことだったっけ？って。
どんな毎日になるのか楽しみにだけしていたいと思っています。
どんな状況でも、今を楽しみたいと思います。

みなさんにもよい日々がやってきますように。

◎どくだみちゃん

17年目

いつもと全く同じ日曜日。

十七年間続いてきたのと同じ。

あの日、桜新町の今はもうない洋食屋さんで、

私と夫は向き合って深刻な顔をして、近くのペットショップで売れ残っていた、たぶん視覚に障がいがあるであろうその猫について話していた。

私たち、もう子どもはできそうにないよね。

だから、猫をもう一匹飼おう。

犬たちと猫たちを子どもの代わりに大切に育てよう。

そうだね、と彼はうなずいて、

翌日その子猫を迎えに行った。

それからなぜか私にはいきなり子どもができて、犬たちと猫たちと子どもをいっぺんに育てるはめになってほんとうに地獄を見た笑。

でも、一回も後悔したことはなかった。その日にタマちゃんを飼ったことを。

彼女のことを大切なコウノトリだと思っていた。

十七年間、いつも家の中のどこかにおとなしくタマちゃんは寝ていて、通りかかるたびに「タマちゃん」と声をかけて、なでるとご

ろごろいって。

出産、震災、両親の死、親友たちの死、三回の引っ越し。

犬四匹と猫一匹の死。

その中を一緒にかけぬけてくれた猫だった。

ただそこにいるだけなのに、それだけでなぜか心強くて。

あんなに安定した性格の生き物には、人間含めて会ったことがない。

もうずっとタマちゃんはそこにいるのだとどこかで思っていた。

死んだりしない、だってどうせずっと寝ていて、死んでるのとあまり変わらないくらい動かないんだもの、と。

きっと寝ているままある日逝っちゃうんじゃないかなって。

それで本人？　も死んだことに気づかないんじゃないかなって。

そうなってもきっとそのままそこにいるんじゃないかなって。

だから信じられなかった。

ほんとうにタマちゃんがいなくなってしまうときがくるなんて。

それがこんなに心細いなんて。

あんなにも守ってくれていたなんて。

思っていたとおりにただ寝ているまま、すっと去っていってしまったのに。

私と夫のあいだで、彼女は静かに心臓を、息を止めていた。

今までの全ての日曜日がありがたく思える。

だらしない家族のだらだらした一日。

あるいは引っ越しやもめごとでなんだかんだとバタバタしていて、でもそこにはいつもタマちゃんがいた。いてあたりまえの様子で、なつくことも特になく。でも私たちのことを大好きでいてくれて。

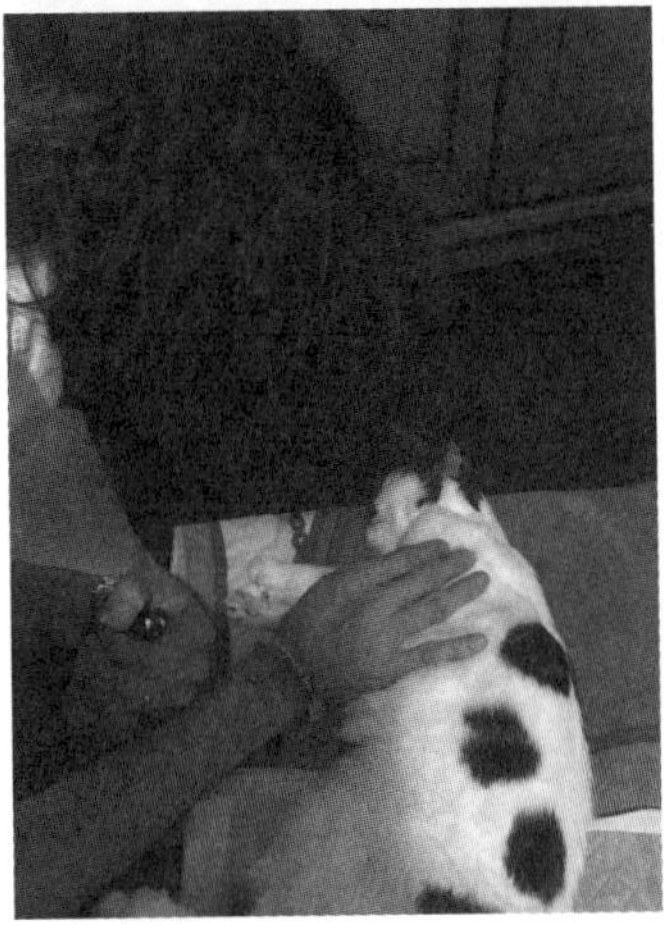

お別れ直前

そういう静かな愛が、失ったときにいちばんダメージが大きいということを、またひとつ学んだ。

◎ふしばな

「ふしばな」は不思議ハンターばな子の略です。

毎日の中で不思議に思うことや心動くことを、捕まえては観察し、自分なりに考えていきます。

私が書いたら差しさわりがあることだって、私の分身が考えたことであれば問題はないはず。

村上龍先生にヤザキがいるように、私には「ばな子」がいる。

森博嗣先生に水柿助教授がいるように、私

には「有限会社吉本ばなな事務所取締役ばなな子」がいる。

村上春樹先生にふかえりがいるように、私には「ばなえり」がいる（これは嘘です）！

看取り

あまりにも同じことを短期間にたくさん味わったので、足が冷たくなって口があいたらもう覚悟を決めて火葬について考えたり、氷を買いに行ったり、箱を用意したり、友だちが持ってきてくれた花をさくさくと棺桶に入れたりするようになってしまった。友だちがお花を持ってきてくれることのものすごいありがたさも学んだ。

その過程でいいお寺や会社も見つけたし、危篤の生き物から離れてはいけないのはどんなときかもわかったので、学んでいけないことはなにひとつないなと思う。

それでもやっぱりどうしてもきついのは、「もうすぐ死ぬってわかってるけど、今はまだ生きてる」という期間の身の振り方だ。

気持ちが逃げてしまい、必要以上にＴＶを観てしまったり、仕事で出かけるともう帰りたくないと思ってしまったり（ちゃんと帰るけど帰りの足が重い）する。


友だちを看取ったとき、いちばん最初から最後までいちばん長い時間毎日お見舞いにいらして、おっとりと静かで、もうその友だちのためならなんでもしてくれそうに思えたＴさんという、お店をやっている女性がいた。

友だちがお医者さんに「今夜が山ですね」と言われた日、縁のあるみんながベッドのわきに集結してさすったり話しかけたり、だんだん日が暮れそうになってきて、それぞれ忙しい人たちだから約束があったり、今夜中ずっとはここにいられないよなあ、という考えが頭をかすめはじめたとき、そのTさん以外の全員がうっすらと「でも、私たちが去ってもTさんが残ってくれるに違いない。そうしたらいったん用事を済ませてまた夜中に来ることもできるから、死にゆく彼女をひとりで逝かせなくてすむ」と思っていた。

　私は聞いた。

「そろそろ出なくてはいけないのですが、みなさんは何時くらいまでここにいられますか？　手分けできたらと思うのですが」

　それぞれが今夜の予定をなんとなく話して、このまま残れる人はいなそうだな、と思ったとき、みなの視線は自然にTさんへ……。

Tさん「私は五時くらいまでなら……」

みんなが心の中でずっこけた。

友だちもすでに半分霊体となりつつもずっこけたと思う。

げらげら笑う友だちの笑顔が見えるような気がした。

　ほとんど五時ちょうどに友だちは亡くなったのだが、みんな心の中でちょっとだけ「もしかしてあれを聞いたからでは」と不謹慎だがちょっと笑いながら思っていた。

　悲しみの中に光る小さな笑顔の思い出だ。

　このときに一緒に、いつも淡々と落ち着いていて優しく話すサイキックカウンセラーのＥＩＪＩくん[*1]がいてくれたのが、すごい安らぎだった。彼はお父さんを近年看取っていたので、ベッド周りの機器のことや、去りつつある人に対してどういう動きが必要かよくわかっていて、みんなを落ち着かせてくれた。

髙橋恭司さんが帰りのエレベーターの中で「ＥＩＪＩさんがいてくれてよかった。ＥＩＪＩさんの声、とても優しい」と言った。私もほんとうにそうだと思った。さすがは髙橋さんだ。

タマちゃんが死んだ朝五時、泣きながら階下に降りていったらナチュラルに午後八時くらいの感じで息子が起きていて（決して早起きなのではない、超夜型なのだ）、「タマちゃん死んじゃったよ」と言ったら、「ええ？マジで？」と言いながらいつも通りに勉強していて、「氷買ってきて」と言ったら、「いいよ！　こんな時間にコンビニに行くなんてなんか楽しい！」と言ってうきうき出かけていき、氷以外にお菓子なども買って戻ってきて、「今そこで王子さま（というあだ名の近所の人）に会ったよ〜、気持ちが上がった！」などと言っていたが、それはそれでＴさんのずっこけ発言と同じくらい救いになったような気がする。

マーコさんが撮ってくれた写真

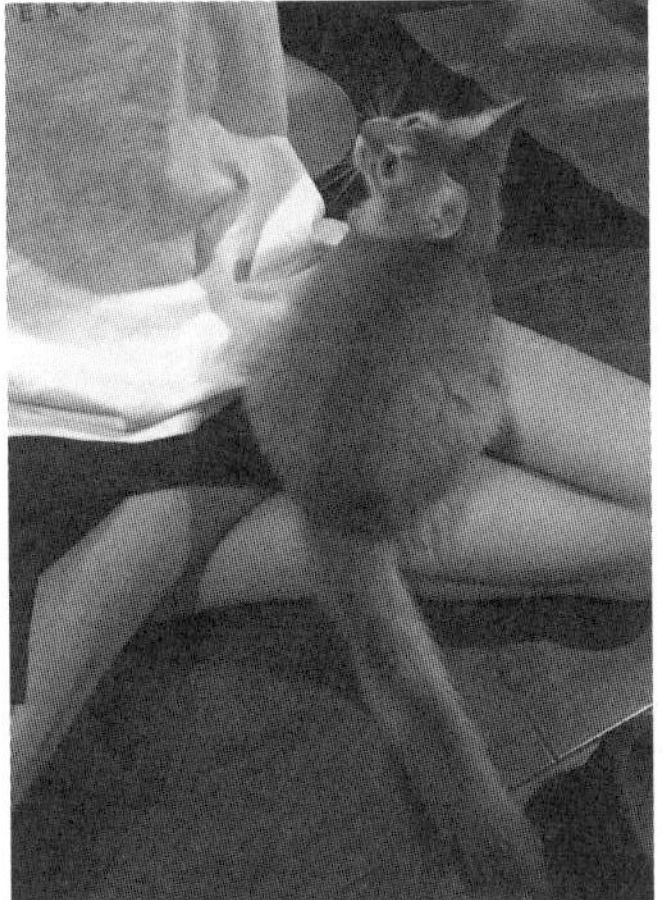

そんなお兄ちゃんが好き

ふしばなワイド　初夢

◎今日のひとこと

　年末に疲れも重なりいろいろトラブルもあって、体調がよくないままに初夢を見るとされている一月二日になったのです。

「調子は悪いけどいい夢を見よう」と思って、いろいろ整えてなかなかいい気分で眠りについたのに、ほんとうにひどい、呪われているとしか思えないような初夢を見てしまいました。

　がびーんという暗澹（あんたん）とした気持ちで、全身こわばって恐怖でカチカチになって目を覚ますと私の枕元には、気を良くしてくれるという「ミニレヨネックス」[*2]。

くるん

なんだよ、こいつ、全く役だたね～じゃんかよ、と悪態をついたものの、まてよ？　と思いました。

あの夢の異様な雰囲気については、少し形を変えて小説にも書いてみようと思うので、とりあえず今回は裏話をお楽しみください。

おたきあげ

◎ふしばな

悪夢

夢の中で私は、商業施設のワンフロアに閉じ込められていた。

自分のいる位置からは見えないところで、自殺をはかろうとしている人がいる。しかしその人が刃物を持っているのか、灯油なのか、毒物なのかわからないので、みな動かないで警察の説得がうまくいくのを待ってください、いずれにしても皆が出口に殺到すると刺激してしまうので、じっとしていてください、という指示が回って来たので、外に出ることもせず。

あたりの空気は暗く、緊迫していた。

小さな街なので、うわさはすぐ広まる。私はその人が自殺したいと思う理由を知っていた。

私の知人のものすごくかわいい女の子にふられたからだ。

その子はあまりにもかわいいからか、その時期何人もにいっぺんに告白されて混乱し、調子を崩して神経科に入院していた。私はお見舞いに行ったが、あまり話ができる感じではなく、好きと言ってくれる人は好きになれない人ばかりだと彼女はくりかえし暗く語った。好きじゃない人に好かれてもちっとも嬉しくない、そう言っていた。

ちょうど私のとなりにはこの騒動について、自分のこともからめて話してくれた細長く若い青年がいた。

彼もまた彼女にふられたという。

先週はあきらめきれずに彼女の実家まで行ったけれど会わせてもらえず、ご両親にまであきらめてくれと諭されたんですと言っていた。私は「彼女は実家にいなくて、この街の病院に入ってるんだけれど、決して言わないでおこう」と思って、黙っていた。

私は彼女のモテ方の異様さがなにか事件を起こすのではないかと、前日に父に相談していた。しかし夢の中の父はいつもシャープな父とは思えないくらい薄ぼけた対応で、そのことが私を不安な悲しい気持ちにさせていた。

なにもかもが暗く、重く、すっとしない感じだ……。

そんなことを考えてじっとしていたら、角を曲がった向こうのほうで叫び声が上がった。

「やった、やっちまった」「早く担架を持ってこい」「首を切った！」という声が聞こえる。床にたくさんの血が流れている。その血をみなが足で踏んで床が汚れている。最悪の気分だった。

もうすぐ目の前を担架が通っていくだろう。見たくなかった。さっきちらっと見えた服の模様を見るに、その自殺の人も私の知っている人だったのだ。

こういうこともあるのではないかと危惧していたのに、結局なにもできなかったなあと思う。白いシーツに中途半端にくるまれた完全に死んでいる様子の人が乗った担架が、向こうからすごい速さでやってくる。

そのとき、さっき彼女の実家に行ってふられた話を聞いてあげた若い細い男の子が、私の左手をきゅっと握ってくれた。ありがとう、と言うと、右側には、ベルリンに留学した高校時代の同級生が若いときの姿でふっといきなり現れて、私の右手を取った。

ありがとう君たち……！　少しだけこわさが減ったよと言いながら、彼らの手を見たら、金色の毛がびっしり生えていた。あれ？　日本人じゃない？

……そう思ったところで目が覚めた。

ミニレヨネックスに悪態をついたものの、もしかして……あの両隣の彼らはベルリンのイメージ含めドイツ人だったのではないか？

夢の中に助けに来てくれたのは、ミニレヨネックスの精のようなものなのではないだろうか？

ネットであの装置を分解してみた人の画像があった。中には金色のアンテナみたいなものが入っていた。ドイツから来たその装置は、そうやって人を小さく助けてくれているのではないだろうか。

私はその助けを全部、イメージに置き換えて夢に見たのではないだろうか。

ミニレヨネックスくん

クラブっ子純情

◎今日のひとこと

若い頃、これから夜遊びに行くよという人を横で見ているほど幸せなことはなかったくらいです。

特に女子。

泊めてもらった家の友だちがタバコとシャンパン片手に寝ぼけた顔からじょじょにとんでもないメイクで美女になっていくのを見るのは青春の喜びでした。

私はその横でビールを飲みながら、じゃあねと別れて、ほぼすっぴんでライブハウスや上野の居酒屋に行くんですけどね……　涙。

その差はなんだろうと思うと、見た目とか

ZOMBIE-CHANG

おしゃれさの度合い以上に、「異性が大好き」（しかも私の好きなまじめで頭が良さそうな異性ではなくて、ムキっとしてて黒くてキラキラした男 or 外国人）、「踊りが好き」というところでしょうね。あと、男女のグループで過ごすのが得意、とか。

私は異性よりも踊りよりも音楽とかアニメが好きだったので、残念ながらちっともその楽しさがわかりませんでした。種族が違うんですよ。

だって、友だちにくっついてクラブに行ってもすぐ男と消えちゃうから頃合いを見てひとりで帰んなくちゃやだし。音がうるさくてそこにいる意味がわかんないし！　見た目で売る場所なのに売る見た目がないから、自分のいるメリットがないいし　笑！

そういう友だちたちって急に夜中にうちにすっごく変な男の人連れてきたりするし、超バッドトリップして深夜に「体がかゆい……私ってどうなっていくんだろう？」とか泣いてたりするし。そこでちょっと待っててと部屋に入ってすぐ彼氏と電話で大げんかしだして寒い中三十分待たされたりするし（もちろん黙って帰りました）。

全体的にそんなの知らないよ！

よからぬものが回ってきても「あ、すみません、私そういうものには手を出しませぬので」とペコペコしたりして、でも絶対相手は聞いてないし、そもそも長い会話が全然できないから話が合わないし　笑。

というわけで、パーリーピーポーに全くならずにここまで生きてきたまじめな私ですが、どんな時代にも必ずいる、踊りが好きで色っぽくて、すぐ泣いたり笑ったり怒ったりするけれど、基本ニコニコした女の子たちは、大好きです。

私の地元の友だちたちは、それとはちょっと違う荒れたジャンルに入っていって、男たちの車に乗って海に行っちゃったり、ヤンキー入りすぎてて心配な世界だったんだけれど、音楽とかアート好きなクラブっ子たちはなんかちょっとハッピーな感じで違うんですよねえ。

「ここにいる人、この音楽の中にいる人、みんな友だち、今日だけ大親友」

みたいな笑顔を持ってごきげんに生きるって、すごくだいじなことな気がする。

鳥を見ている

◎どくだみちゃん

輝き

その子は私からお金を借りて返さなかったけど、ここで書いちゃって、すっかり許してあげよう。

あの子は私にお金を借りてひとりで外国に行って、
その日の夜にその街のいちばん人気のクラブに行って、
フロアの真ん中で踊り狂って、まわりのみんなから、
「おまえはだれだ〜！」と聞かれて、
「ゆみこだ〜！」と答えて、
英語も話せないのに、その日に泊まるところを見つけていた。

もう時効だと思うから書くけど、
その子の家に遊びに行ったら、
これどう？
と言って、ナチュラルに流し台の下から、ビニール袋いっぱいの……草……を取り出した。

えんりょしますと言ったものの、
ここまで堂々としていると警察も来ないものなのかなと思った。
そうしたら彼女はあっそうと言って、それをそのまま流し台の下の扉に放り込んだ。

そんなときがあったことを、きっと本人も忘れているだろう。
痩せ薬を元気が出る薬だと言って、ラムネみたいにぽりぽり食べていたっけ。
若いって恐ろしいことだ。
今の年齢だったらきっと肝臓がぶっこわれるだろう。

タクシーは退屈だから乗りたくない、電車でいろんな人を見るのが大好きだと言っていた。

あのくるくるきらきらした目、人生を濃く生きていく光。

全くおりあわなかったけれど、懐かしく思う。

お金を貸したときに、彼女は小さな絵を描いてくれた。

そこにはホドロフスキーの「サンタ・サングレ」[*3]という映画に出てくる、世にも悲しいピアノの親子連弾が描いてあり、「このくらいたくさんのお返しができたらと思います」と書いてあった。

それからうちの子どもが明日から幼稚園だって言ったら、

「幼稚園なんて行く必要ないよ、なんでそんなところに行くの？　世界はこんなに学びでいっぱいなのに！」

とキラキラした目で言った。

あれはほんとうにそうだったなと思っている。

「うちのパパとママは仲が悪かったけど、雨が降ると学校を休ませてくれるところだけは一致してたの。学校に『雨だから休みます』って電話をかけてくれて、最高に嬉しかった」って。

それはいかがなものか？　と思うより先に、うっとりと語る彼女の目がきれいだったなと思ったのを覚えている。

大人になってから子どもがこんなふうに言えるなら、いいことしたね、パパとママ、って。

なんでもいいんだな、生きていて、夢みるようであれば。

那須の田んぼ

私は貸したお金を返さない人とは基本もうつきあわないから、彼女にもわざわざ会うことはない。
でも、なんでだろうな、彼女のことを思うときはいつも笑顔で、幸せだといいなあと思うのだ。ふみたおされたのに。
彼女が夕方支度してるのをビールを飲みながら見ていたあの空間を思い出すと、他のクラブっ子たちを思い出すのと同じように、幸せだったなと思うのだ。

◎ふしばな十おすすめ

りりちゃん

私は、ほんとうにそれに慣れているし、気持ちもよくわかるし、そんなことくらいで人を嫌いになったりはしないけれど、楽屋などで会った初対面の人が翌日に仕事を頼んでくると、がっかりする。

世知辛いよなあと思うのだ。

長い目で見ようとしたらそんなことしないほうが関係性にとっていいにだれから見ても決まっているわけで、つまり「超ホットではないけどそこそこ役立つ有名人、だから今だけでいい」ということだからだ。

せめて五回くらいばったり会うまで待とうよと思う。

会ってすぐに本の帯文を頼まれたとき、LiLy[*4]ちゃんもそういう人なのかもしれないな、と思った。

でも、彼女は違った。少なくとも二回そのことのお礼として一緒にごはんを食べて、でもちゃんと編集の人を間に入れてオフィシャル感を出して、なにかあればちょっとしたメールのやりとりをして、でもライフスタイルが違うので一緒に遊んだりはしない、そんな感じ。

自然だな〜〜〜〜〜〜！　と思う。

しかもその本の帯を書いたわけでもなく、お願いしたわけでもないのに、新刊にカードを添えて送ってきてくれたときには、感動した。

自然だな〜〜〜〜〜〜〜〜〜〜〜！

と思った。

新刊出た、嬉しいな、あ、この間ばななさんの本読んだ、感想といっしょに送ろうっと！　別にすぐ読んでくれなくてもいいや、でも読んでくれたら嬉しいから、やっぱカードつけとこう。

それだけのことが自然にできる育ちのいい人なんだな。

この「〜」の長さは、それだけのことがふつうにできる人がこの世に今やほとんどいないということを表している。

もはや元ヤンキーと職人とヤクザ寄りと動物寄りにしか友だちがいない私……この世相ではそれもいたしかたないような気がする。

その間合いは、彼女が夜遊びと恋愛で身につけた宝のようなもので、すごくいいと思う。

今までの本よりもいっそう、[*5]『目もと隠して、オトナのはなし』は、生き方についての話が多い本だった。これまでのただひたすらに若さの中を走ってきた彼女のエッセイとは違って、「こういう生き方はしたくない」「こう生きたい」が前面に出ていてすごくかっこいい。

正直に生きると損する、それは元ヤンキーも職人もヤクザ寄りも動物寄りももちろん身をもってよく知っている。

でも「こうしか生きられない」ということがはっきりしているから、損しても正直に生きている。だから仲間ができる。

りりちゃんには、これからも偽りのない生き方をして、どんどんいい女になって、書いていってほしい。

これは差別的なことではもちろんなくって、いい女はなかなかいい文章を書けないものだ。書いているヒマに体験してどんどんいい女を磨くのが仕事だから。一冊か二冊は本を書いても、書く以外のこと（遊び、恋愛、事業、育児などなど）が彼女たちを呼んでしまい、気が散って書くヒマがなくなってしまう。
はっ、じゃあ私って……　笑！
でも彼女は違うのだ。
「いい女の生態」をちゃんとした文章で何冊も描ける稀有な存在だ。

那須の夕暮れ

身もふたもないけど

◎今日のひとこと

人って、結局失敗も成功も不平不満もなにもかも、自分の幅でしかしないんですよね、一生。

そもそも親に植えつけられた「こんな感じでしょう」みたいな基準があって、そこから出るのも一苦労なので、その先の自分を広げていくのはなかなかむつかしいんだと思います。

だからこれだけたくさんの自己啓発書があるんでしょうね。

男の人はお金と、女の人は美と関連づける

YUKOさんのオーナメント。猫のための羽のおまけつき

と、不思議と枠をとっぱらって別の世界に行けたりすることがあるのも面白いですね。

私の父は庶民以外の何物をも好まない屈強な姿勢を貫いて庶民として死んでいったけれど、私は「高いホスピスって痛くなさそうでいいな〜」とか思ってるへなちょこなので、多分全くかみあわなかったのだろうけれど、それでもそれぞれのタイプが存在するっていいなと思います。

タイプの違うところに住みに行っちゃうから不幸なわけで。

あれほどの庶民好きからなんの影響も受けなかったのか？　と言われると、飲食に関しては自分と父の考えは全く一致していたのだろな、と思います。そこがおとしどころか、みたいな。

私は高くておいしいのは当たり前だと思うので、あと箱代にお金がかかっているとわかっているのであまり高級な料理店は好まず、新鮮な素材を簡単に調理したものがいちばんだと思うし、それでお金がかかるのは許せる（同じ思想での達人は辺銀夫妻[*6]だなあと思う）のですが、そのあたりだけはどうも一致していそうです。

思想に共感できないと、おいしくなく感じるというか。

父と母が私に課した枠。それを突破して自分で作った枠。

どちらにしてもまあ、そのスケール感はたかがしれています。

そういうものなんだな、人生って、きっと似たようなことをして行ったり来たりするだけであっというまに終わってしまうんですよ。

いませんか？　まわりに。どこに行っても同じようなことを言って、同じようなことをして、ずっと同じような文句も言って、ぐるぐるしてる人。

でも、多かれ少なかれみんながそうなんです。自分の枠の中にない人とは決して出会わないし、どこに行っても同じ。様々な手続きを経てやっと南極に行けても寝袋の中で姑のグチを言う人っていると思います。目の前のペンギンとか全然見えない人って。

どうせそんなもんなんです。それぞれの人生って。

だからこそ、たくさん遊びましょう！

遊ぶことだけが、枠を大きくしたり、枠の中を深くするんですから。

深く深くもぐったらいつのまにか自分の枠

バリの夕暮れ

の外に出ていたりすることだってもちろんあります。

いつも、意外なものを見ていましょう。

◎どくだみちゃん

枠の深み

旅に出て、広大な空や、揺れる椰子や、大きな海や。

光や風や、もこもこの森や、凍る道や、雪や雪山や。

いろんなものを見ると確かにおお！　すごいね！　と思う。

そして家に帰ると、動物は拗ねてたれながしてるし、部屋の空気は濁っている。

私がいないと、なにかが違う。

窓を開けて、換気して、汚れた排水口に手を突っ込んで洗う。

しみついたカビをむりして取らなくても、ごしごしちゃんとタイルを洗って、窓を開けると床が生き返る。

そして動物たちは私がいるだけで安心して、そばに来て眠り出す。

この卑近さとあの雄大さはそんなに変わらないと心から思う。

換気しているときの空気が変わる感じが好きだ。

愛するものたちが安らいでいる寝顔が好きだ。

百万ドルの夜景よりも美しいもの。

だから遠くに行っても行かなくても同じ。

今日も小さく小さく

これが保てるお金だけあればすごく幸せ。
もっとあったら、分けてあげられることだけが幸せ。

青い鳥は近くにいました系の話ではなく、断捨離やこんまりさん的ピカピカの話でもなく、
あたりまえのもっとありふれたものの深み。

◎ふしばな

コーヒー雑感

何回もここで書いているけれど、私の夫はものすごいコーヒーマニアで、さらに理系なので量を量って厳密に淹れる。だからほんとうにおいしい。おいしくておいしくて店を開いてほしいくらいだ。

味の好みは違う。私は酸味がある浅煎りで香り高いのが好きで、夫はちょっとチョコレートっぽい濃い味のが好き。

豆的に言うと、私はモカとかエチオピア。夫はルワンダとかケニアということになるんだろう。

関係ないけど猫はソマリアから来た！

どちらも焙煎がむちゃくちゃむつかしい豆たちだ。表面の味は整っていても、後味が喉を洗うようでないといけない。喉で香るというか。そこまでのものは、なかなかないから、外では期待しないで夫の淹れたのを幸せに飲む。

これこそが胃袋を摑まれたということなのであろう！

なんということだ、摑むはずだったのに！

故サイキックカウンセラーのゆいこが、「う〜ん、ヒロチンは胃袋で摑めるタイプじゃないからねえ」と言っていたのがすごく懐かしいし当たってる！

しかし、いざおいしいコーヒーのないような場所に行ったら、私はごくふつうに、朝ホテルで出るよく似た苦い水みたいなの以外は、コーヒー味の液体をなんでもいいから飲みたいと思う。

でもそういうとき、夫は決して飲もうとしない。

だから、私のほうがきっと中毒なのだろう。

さて、街には最近サードウェーブのコーヒー屋が掃いて捨てるほどある。焙煎も自分でしてるところもたっぷりある。それぞれのこだわりがあり、それぞれの理想の味がある。

合うところが見つかればいちばん良い。

ほんとうにおいしいところがたくさんあるけれど、中には吹き出すほどまずいところもある。

私の好みでおいしくないなんていうレベルではない。万人にとってまずいものはまずいと思うのだ。

決して名前は書かないが、ものすご〜くきれいな体裁で、いつも混んでいて、もちろん自家焙煎で、そして、「おいしくない」ところを知っている。

あまりにもかっこいい内装でしっかり豆の解説が書いてあるので、おいしくないはずがない、私の舌が今日はおかしいんだ！　と思って、十回くらいチャレンジした。でも、一回もおいしいと思ったことがないのである。いや、最後まで飲めないくらいなのである。

そこのお店では淹れおきのアイスコーヒーがいちばんましだったくらいだ。

先日、伊豆で数日間あまりおいしいコーヒーを飲めず、かなりコーヒーに飢えていたときにまたトライしてみたのだが、そんな状態でもプッと吹き出すくらい変な味なのである。

おそるおそる味覚がしっかりしている夫に聞いてみたら、あそこは全然ダメと一刀両断。自分の舌に自信を持って早く言えばよかった。

今日もあの店は繁盛していて、ソムリエみたいなお兄さんが「こちらは樹上完熟の豆でして、酸味が強く、ベリー類の香りがします」なんて言ってて、しゃれたおじさんたちが「うむ、おいしいですね」と言ってると思うとなんだか微笑ましくって、神様の遊びというかなんというか、いい感じだなあと思うのである。行かないけど。

いつ思い出しても笑ってしまうのだが、昔オーストラリアのブリスベンで、散歩しながらテイクアウトのカフェオレを買った。一緒にいたのは日本語ペラペラのオーストラリア人のイアンで、そのカフェオレはものすごく薄くてまずかった。薄いねと私が言うよりも先に、彼は言った。

「うわ！　まずい！　これはもう濁った泥水！　コーヒーではない、全くの泥水！　泥水以外なにものでもない！」

そのリアルな日本語感と、彼のびっくりした顔、一生忘れない。

バリのガジュマル。戦火に耐えた

涙が出るほど（下町ルールと金）

◎今日のひとこと

父が大好きだった、いちばんすごいときは晩ごはんの買い物をしがてらそこに寄って、軽くかつを食べていたという（そんなことだから糖尿病になるのでは……）、谷中銀座の中にある老舗のとんかつやさん「蟻や」。

私も谷中に住んでいたときは、しょっちゅう寄っていました。

姉にお誕生日どこに行きたいか聞いてみたら、「とんかつが食べたいんだけど、まだ腸の調子が戻ってないから、一人前は食べられないんだよね。だから、まだおじさんとおば

バラでいっぱい

さんがお店をやってたら、『蟻や』にみんなで行ってちょっと食べたいな」と言いました。

　電話をかけるとき、ドキドキしました。おじさんとおばさんに何かが起きていてもうお店をやっていなかったらどうしよう？　と。

　電話に出たのは知らないバイトの人。でも、予約だと言ったらおばさんが出てきました。

「あの、覚えてますか？　よく行っていた吉本なんですけれど」

「あ、ハルノ宵子さん（姉のペンネーム）？」

「いいえ、妹のほうなんです」

「ああ、ばななさん？　覚えてますよ！　なに言ってるんですか！　決まってるじゃないですか」

「よかった〜、実は姉がちょっと病気をしまして、たくさんは食べられないけど誕生日に蟻やさんに行きたいって言うので、予約をしたくって」

「そうですか、ええ、ぜひいらしてください。こちらからはなにも用意せず、お好きなものを選んでいただきましょうね」

　このあたりで私はもう、その声の深みに涙が出てきました。

　しばらく間をおいて、おばさんが、

「お姉さま、食べられるまでに回復して、ほんとうによかったですね」

とおっしゃったとき、その言い方の優しさや心から私の家族を愛してくれたのであろう歴史を思ったら、電話を切ったあと号泣してしまいました。

　触れてはいけない話題だから、知らんぷりをしておく。

　悪い人かもしれないから、深く話さない。

社交辞令の段階なら、あまり感じよくしない。

そんなことが蔓延しているこの世界で、人に接するときはただなるべく善くあろう、それがお店というものだから！　という気持ちに満ちたおばさんの声が、懐かしくて。

過去はとにかく美しいという話ではなくって、あのお店の中にはまだ、私の両親の最後の青春のようなものが閉じ込められているんだ、そう思ったら、嬉しくてしかたなかったのです。

そんなに高くないお値段でとんかつを毎日毎日揚げ続けて提供して、お客さんが喜んで、うちみたいにいろんな家族がそこで歴史を作って、そういう人生って、どんな富豪の人生にも並ぶすばらしい人生だなって思います。

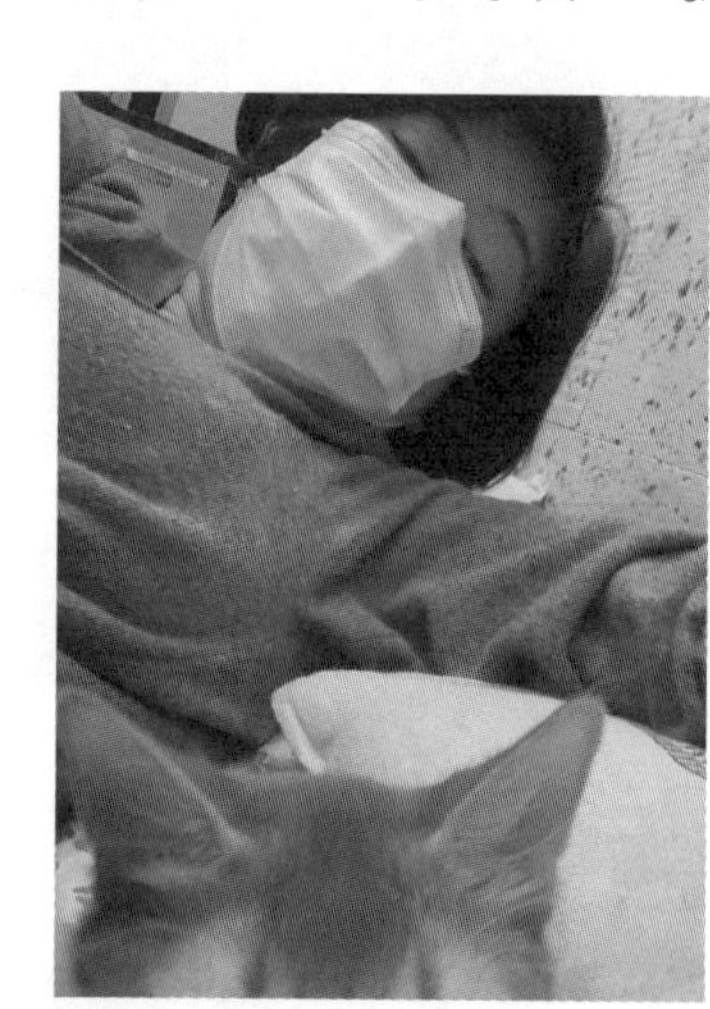
私と耳

◎どくだみちゃん
くりかえす

また、信じていた人がお金のことで、遠く

に行ってしまった。
失望という言葉では説明できない、この虚しさよ。
何回くりかえしても、抜けられない流れなのかと思う。
まるでそういうゲームを私がしているかのように。
何回見てきただろう、お金の話が出たらじわじわっと欲が出る人を。
でもそれは人のことだから。
その人の人生だから。
最後は毎回そう思う。
幸あれ！　と。
いつか気づくといいねと。
お金もあって幸せも愛もあれば、それがいちばんいいんだもの。

それがどれほど困難なことかは、歴史が証明しているけれど、どうにかこうにか、そこに静かに達してほしいな、と。

それでもやっぱり悲しくて、
深夜に風呂で涙を流しながら観たＴＶの中で、
アイスマン（凍って見つかった五千年以上昔の、すごく古いミイラの人）を３Ｄプリンターで型取りして、完璧なレプリカを作るアーティストの姿を見た。
その人はこれまでにも、太古の生物を復元したり、骨から原人を再現したり、そういうことをするアーティストだった。
「むむ……これは、大変だ。これまで作った中でいちばん大変だ。どのくらい時間がかかるかわからないほどだ」

と暗澹とした気持ちを表現しながらも、彼の心がそこに一気に集中していくのがわかった。骨の色、皮の色、刺青（いれずみ）の位置。全てを正確に時間をかけて再現していく。

この人きっと、
「明日、日本に講演に来てくれたら一千万出します」って言われても、
今この現場を離れることはできない、と言うだろうなと思った。
毎日をそんなふうに思える、そういう生き方をすればいいんだ、ただそれだけだ。
他の人がどうであってもいい。
そう思った。

イタリアでアイスマンを研究していた研究所の人が彼の作ったレプリカを見にきたとき、

私の本たちとか。インタビュアーの方が資料として持ってきたもの

あまりのできの良さに驚愕していたし、作った彼は「あまりによくできていて本物かも、と思ってくれたら嬉しいなと思ってるんだ、むふふ」と言いながら、ものすごい満足感に満ちたいい顔をしていて、どれだけたいへんだったかも全部そこに表れていて、顔は決して嘘をつかないなと思った。

◎ふしばな　下町の人々の甘さ

それでも、やはり、下町ルールには問題があるよねと思うことがある。

社長令嬢Rちゃんは、私の友だちには珍しく世の中のことにきちんと長けていて、ものごとに基本、私と正反対の対応をする。

同じようにバブル期を業界で生き抜いたからか、今も親しいし、その違いに全く腹の立たない稀有な人だ。

Rちゃんのご主人は下町の人で、私には彼のことがたいへんよくわかる。彼もよくそう言っているそうだ。下町特有の価値観とか、そこから今までどういう道をたどって自分なりにそこにバリエーションをつけてきたのかとか、Rちゃんのどこを愛しく思っているのかとか。

あるとき、私が「こういう人がいて、こういうものを探したいと相談をされた」という話をしていたら、Rちゃんがスカッと気持ちよくこう言った。

「どうせまほちゃん（私の本名）のことだから、それを一緒に探してあげたり、もともとの持ち主に聞いてあげたり、するんでしょ？　だめだよ、忙しいんだから、そんなことしてちゃ。その時間を書くことにあてたほうがよっぽど世の中の人のためだよ。そういう人ってさ、まほちゃんの時間を奪ったら、他の多くの困っている人や悲しいことがあった人にとっての損失になるってわかんないんだよ。自分勝手なんだから。相手にすることないんだよ。そういう人は、まほちゃんが自分のためにこうしてくれたっていうのがほしいだけで、大きな意味でその存在を大事にしてくれてるわけじゃないんだから、離れたほうがいいよ」

なんという厳しい意見、そしてもしかしたら真実！

「そうは言っても、そういうところで手を抜くなってこっちも育てられてるからなあ」

私は言った。Rちゃんは言った。

「まったくもー、だから下町の人は困るんだよ！　うちのだんななんてさ、この間元同僚に呼び出されて、その人が仕事をクビになったから、なにかいい仕事があったら教えてって言われたっていうからさ、『だからそんなの相手にしちゃだめ、なにもしないであなたのコネを使いたいっていうことなんだから。だいたい、どうせあなたはいろんな人にメールしたり、会社で聞いてあげたり、しちゃうんでしょ？　それじゃその人のためにならないんだから。ちゃんと自分で行動してから、いろいろ考えた上で相談するんだよ、本気の人は』って言ってやったよ。ほんとうに下町の人ってそういうふうなんだよねえ、困ったもんだよ」

ふだんの私だったら、「え〜、でもそこが下町のいいところじゃん」って言うんだけれど、ここまできっぱりしていると説得力があったし、妙に納得したのである。

ほんとうにそうだ。何年間も音信不通だった知り合いから、今日クビになっちゃった、どこかいい出版社知りませんか？　とか、さっき三十万円盗まれちゃった、カンパしてもらえませんか？　とか、あなたが来てくれたら人々から会費二万円取れるから、来てくれない？　とか、あなたが前に書いていた手術のうまい先生紹介してくれない？　ひいてはつきそってくれない？　とか、慶應の幼稚舎に子どもを入れたいんだけど、政治家知らない？　とか、そんなのしょっちゅうである。

もちろん対応できないものにはしないが、スルーせず、丁重にお断りすることを忘れないのは、下町人の魂であろう。

それでも「へえ、やっぱりお忙しいんですね〜」とか「作家って意外にもうかってないんですね」「すっごく傷つきました」と返してくる謎な人もわりと多くいるので、まったくもってRちゃんは正しいなあと思うのである。

そんなわけで、生き馬の目を抜くような現代社会では、下町の良さを残しながらきちんと返答していると、相手がどんどんつけあがってくることがあるので、そこで後味を悪くしないタイミングで「ふざけんな」が言えるかどうかが大事なところ。

そしてそんなときに「粋に」対応してくれる宝のような人が稀に見つかるのも、下町ルールを生きる上でのすてきなところだ。

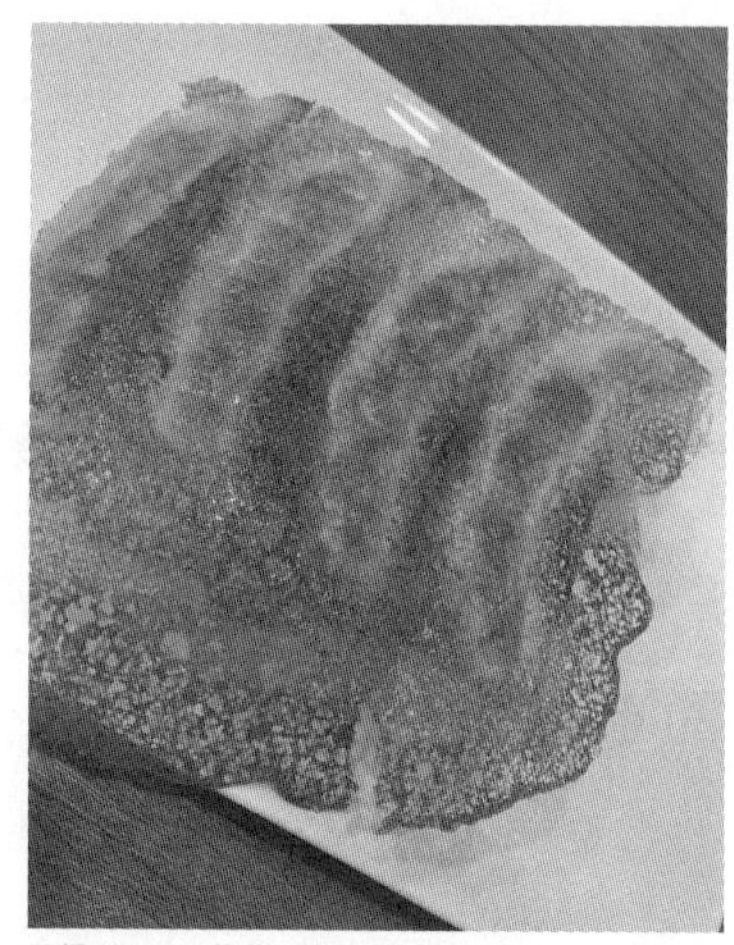

羽根パリパリ。荻窪の鉄板焼き屋さんの

純文学を遠く離れて

◎今日のひとこと

あるときから、「どうも自分は文学者ではないのではないか」

といういや〜な予感がしてきました。これがまたきっと当たってるんだろうよねえ。

小説を書くことはものすごく好きだし、向いているとも思う。

でも、この生き方はなんかちょっと違うのです。

「新潮」[*7]や「ＭＯＮＫＥＹ」[*8]の表紙を見て今月号のラインナップを見たとき、「この世の中になじめなくてもいい、こんな世界がある

プリミさんにもらった宇宙人をかじる

なら！」と思うところまでは私もしっくりくるのです。

でも、ホラー映画のラインナップを見たときや、すごいサイキックや整体師さんに会うときほどには「自分ごと」として思わないのです。

少し遠いけど楽しそうな世界だな、すごく萌えるんだろうな。ここが読みどころだな。そこまでしっかりわかるのです。

でも、その村の住人ではない、すごく近いとなり村。そんな気持ちなのです。

たとえば、ジョン・チーヴァーの短編を読むとき、書く方の側からしてみたら、おお！ここでこれを繰り出すとはすげ〜、で、ここで風景描写かよ！　などなど、いろいろすてきなことがさすがに同業だからわかるのです。

それはもうオタク心が揺れるほどに。

そんなふうには、文学を愛してるなと私も思うことがあります。

でも自分がそういう技術を身につけたいのかというと、少し違うような気がします。

猫とユリイカ

だから自分の職業がなになのかよくわからないのですが、とにかく書くことに向いていることだけはわかるので、ただただよいものを書いて知っていることを必要な人に伝えていこうとだけ、思います。

◎どくだみちゃん

タロットカード

あの日、バイトがひまでひまでしかたなくて、

だって、そのビルの中にそもそも人がだれも歩いていないのだから……。

お客さんなんて来るはずがない。

それで、由美ちゃん[*9]が実家の悩み事を私に相談して、

私が「じゃ、こんどタロットカード持ってくるわ」と言った。

そうしたら由美ちゃんが、

「まほさん（私の本名）、タロットカードできるんですか？」

と言ったので、

「大アルカナだけなら、かなり観れるよ。高校のときに友だちを観てジュースとかおごってもらってたもん、毎日」

と私は答えた。

「じゃあ、今時間があるから、作りましょう！」

由美ちゃんは言った。すごいと思う。その発想が。

今やインテリアデザイナーとしてミラノサローネで賞を取ったりしている著名なユニッ

トにいる由美ちゃんは、当時から完璧な直線を引くことやレタリングができた。

というか、才能ってある意味では病なのだなといつも思うのだが、由美ちゃんは曲がっている絵とか、ざっくり置かれた本に耐えられない。なんでもきっちりと直す。彼女が遅刻して私が残業したときのおわびに、駄菓子詰め合わせをくれたときに、いろいろな形の駄菓子が完璧な長方形に組み上げられて袋に入っていたのにはびっくりしたし、有名な「ムカデが好き、デザインがいいから」発言、たこ焼きを子どもが作るアルミボール並みにつるつるに作るなど、きっとそうせずにはいられないのだ。

余っていたダンボールをきっちりきっちり切って、枠とローマ数字を手で書いたとは思えないほどにかっちりと書き、その中に私がタロットカードの絵を描いた。私のゆるい線と由美ちゃんのかっちりした枠がたまらない組み合わせになり、それでもまだお客さんが来なかったので、それを使って占いまでできた。

あのとき、ただでさえ美人な由美ちゃんが、ほんとうに楽しそうに幸せそうに、

エプロンをしたその姿で夢中で線をひいていた美しい横顔を見て、

私は「この人にいつか本の表紙を描いてもらいたいな」と思った。

そしてそれがそのバイト中に『キッチン』[*10]という本として実現したことが、とても嬉しかった。

のちに面と向かってとある高名な画家に、

「『キッチン』の表紙、あんなの壁紙だ、意味がない、自分なら百倍すばらしく描ける」と言われたけれど、

そして実際にその人が同じモチーフをまねしてきれいな表紙を描いているのも見たけれど、

私はなんとも思わなかった。

「そんなことを言う人は、いやな人だな、ずっと好きにはならないだろう、その作品も」と思っただけで。

でもそれがその人の仕事を支える大切なプライドであれば、わからなくもないから、責めることはしないでおこう、と思っただけで。

なぜなら、一見すてきに見えても、私たちのあの「ユリイカ！」みたいな瞬間のスパークが、

偶然性の導く完全な必然が、

そのまねした方の表紙には全くなかったからである。

私がなぜか小学生のときからタロット占いを勉強していて、

そんなに忙しくなかったその喫茶店がその日ことさらにひまで、

その日のシフトが私と由美ちゃんで、

ふだんあまり悩みを人に言わない由美ちゃんがたまたま悩みを口にして、

ふたりで力を合わせてカードを作って。

それがみんな壮大な流れの中にあるとしたら、

私たちが意図的になにかをしかけることなんて、ほとんど意味がないような気がする。

気のいい、優しい、明るい、開かれた気持ちで、期待しないで毎日を過ごしていたら、そんなふうになにか奥深い流れを持ったものが放っておいても生まれてくるのだから。

もっとすごい人がデザインしてくれるって言ってるのになぜ、
あの画家はすごい有名な人なのに、
君は素人だ、バカだ、絶対売れない。
どれだけ言われたかわからない。
でも、これしかないと思った。完璧な線で拙い心を描く彼女のモノクロの世界が、あのチューリップだけが、孤独な主人公の強さと弱さを表現してくれたのだった。

玄関の花、麦入り

もなかにぴったりのお皿

◎ふしばな
現場の声

今回のどくだみちゃんに出てきている糸井さんの有名なあの茶屋でバイトしていたことはよく話すのだが、そのとある店でバイトしていたことはあまり人に言っていない。けっこう短期だったからだ。ただ、すごく勉強になることがいくつかあった。

比較的バイトの人たちが仲良くて、中には美術系の人もいたので、自分の作品を飾ったりしていた。

あるとき、オーナーが来て、その様子を見て、なにかちょっと言いたそうにして帰って行った。そして店長経由で翌日に全てを撤去するように命じた。理由もなく、店長の母が持ってきた招き猫なども撤去され、持ち帰りもしくは処分となった。

バイトの人たちとオーナーに一挙に距離ができた瞬間だった。

みんなほんとうによく働く人たちで最後までまじめだったのだが、その日からなにかが少しだけずれていくのを私はただ見つめていた。バイトだからそれ以上意見を持たない方がいいと思っていたのだった。

だからと言ってふまじめになるわけでもなく、みんなものすごくまじめだった。まじめな子が多かったのだろう。ただ、その日からなにか彼女たちの中のだいじなものが失われたのがわかった。

もしもオーナーが「ごめんね、みんなは現場でいろいろ飾りたくなるんだろうけれど、ここは僕の店で僕のセンスを試される場でもあるので、僕のセンスでものを置かせてください」とみんなにメールを書くか、目を見て言っていれば、あの溝は生まれなかったのではないかと思う。

あるとき、オーナーの秘書がやってきて「このお店を維持するために、オーナーがどれだけがんばっているか、わかっているの？もっと売り上げを出すように努力して」と言った。

これまた、なにか違うな、と思った。ずれがどんどん大きくなっているなあと。

私は晩ごはんのときかなにかに、父にその話を世間話としてした。

父は、「う〜ん、それは現場の気持ちがわかってないんだなあ。現場っていうのはそういうものじゃないからなあ」と言った。

なるほど、と思った。

確かにそのあとの人生で「現場で好かれている人が、最終的に全てを掌握する」という瞬間をたくさん見た。

結果その店はつぶれ、私はまた次の世界にバイトをしにいってそんなことはすっかり忘れてしまい、そのオーナーはまた他でお店を出して、今度はうまくいっている。

きっとオーナーは今、もしかしたら、現場の人にちゃんと説明するようになったのだと思う。そこに至るまで、どんな思いや悔しさや学びがあったかと思うと、人ごとながら「ごめんなさい、あのときにまっすぐに言えばよかった」と思う。実はそのあとトラブルがあったとき、言ったのだが。そうしたらその人はすぐ行動した。前はそういう人ではなかった。だれかに任せて自分は手を汚さないタイプだった。ああ、変わったんだ、と思った。人はこんなに変わるんだと。

もしオーナーが当時しょっちゅう店に顔を出し、センスについても説明し、かける音楽なども頻繁に変えて現場で働く人の気持ちをくんでいたら、つぶれはしなかったんじゃないかな、と今でも思う。というのも、かけていいCDが二枚しかなく、それがもういやでいやで辞めると言って辞めた人さえいるからである。私も未だに、その二枚のCDを外で耳にすると、オエっとなる。

そしてそのオーナーが次に店を出すとき、いろいろ新しいコンセプトを打ち出そうとしたら、くだんの秘書は「そんなの絶対ムリ」と反対したそうなのだが、それもものすごくわかる気がする。

ここで私が言えることは、そんな小さなことがひび割れとして、結果店がつぶれる要因のかなり大きな要素になるということである。

だから店を持つというのは、子どもを育てるかそれ以上にたいへんなことなのだということである。

いわんや小説をや。

命を持っているものをこの世に送り出すということは、とんでもない責任を伴うものだ。その責任を重さではなく楽しいと思える人だけが、その仕事を続けられる。

ほんとうに、気をつけたいと、いつも思うのである。

このあいだ、直木賞を取った人のインタビューを読んでいたら、売れない頃沖縄でサイン会をしたら人が三人くらいしか来なくて、編集者さんたちが夜の打ち上げで「もっと大きな仕事がしてえ！」と叫んだり、説教されたりして辛い時期があったことを話していた。きっとその頃のその作家の人の感じも、すねていたり暗かったり、なにか言わずにいられないようなものだったのかもしれないので、それに今だってその編集者さんたちと仲良しなんだろうから、全部が冗談なんだろうし、そこはまあ何も思わないポイントだ。

ただ、私が謎に思うのは、その編集者の人たちは出版社のお金で飛行機に乗って（多分船じゃないでしょうから）、打ち上げのお金も自腹ではなくて出版社の経費で飲んでいるのだろうと思うし、それはその人のサイン会をするために会社が出したお金なんだろうから、それだったらいっしょうけんめい応援したり、ほめたり、いいものを書いてもらえたり、その来た三人が友だちに「いい本でいい作者だった」と言ってくれるような仕事をするのが筋っていうものなのではないか？　というところだ。むしろ「次回はもっとがんばろうね」くらいの打ち上げになる場面なのでは？

それよりもっとひどい話なんだけれど、私は若い頃、何人かの編集者さんに面と向かって「あなたなんて今脚光を浴びてるだけで、すぐ消えるから見てなさい、あなたのことなんて全く私は評価してない」と言われたことがある。また、なんだかわからないが、一緒にごはんを食べたり打ち上げまでしたのに「吉本さんとは会ったことがありません」と言われたり。

若いから年上の人に逆らうのもなと思い、ただ口を開けて、「なんでそんなこと、今、面と向かって私に言うんですか？」と言うくらいにとどめたが、そういう人とは仕事をしないと心に決めて、心の中のデスノートでは ない 笑 「できることならもう仕事したくない人帳」に書いて、実際にそうしてきた。

たったひとりになっても、読者がたったひとりであっても、自分の書いたものにお金を出してくれる人がいるなら、媚びない。そして手を抜かない。それを続けてきた。

結局、それしかないんだ、それ以外に道はないんだと、今も思っている。

そしてできれば同じようなそういう思いを仕事に対して持っている人と、仕事がしたい。それだけなのだ。それってそんなにわがままなことだとは決して思わない。

わがままだともちろん何回も言われたけれど、ふんばってきたのも、よかったなと思っている。

ひじ

ラテアート

未来からの光

◎今日のひとこと

代官山で大きなかごを買い、抱えてお花屋さんに行ったら、そこに置いといていいよ、ラナンキュラス長いままでいいの？　とお兄さんに気さくに言われて、次は抱えたかごの中に花を入れて、タクシーを待っていました。

最近アプリでタクシーを呼ぶことが多いので、こんなふうに道でタクシーを待つのは久しぶりだな、と思いながら。

いちばん人々が移動する時間帯だったので、タクシーはなかなか来ませんでした。

うーん、かごも大きいし、まだ来なかったら、どうしようかねえ。

ラナンキュラス

　と思ったとき。

たとえば今ここですごく困った[*11]心細い気持ちになったら、さっきまでいたまゆちゃんの[*12]サロンに行けば、まゆちゃんがいる。

モカカフェに行けば、あのお店のお姉さんとお母さんがいる。

[*13]末ぜんに行けば、あのご家族が全員で働いている。

[*14]晴れ豆に行けば、メロンちゃんがいる。

もちろん今はそのどこにもきっと行かないけど、なにかあればきっと助けてくれる。

　安心だなあ、すごいなあ、と思ったのです。

　下町で育った私は、自分が移動している範囲のどこに行っても、なにかあれば飛び込める家がある……つまり当たり前に自分を知っている人たちがそこここにいるという感覚があって、いつも安心していました。

　下町を出てもうずいぶんたっていますが、代官山にはずっと夫のオフィスがあったから、このへんには知っている場所や人がたくさんいるんだなと、改めてその年月を思いました。

　いつもなら、子どもが小さい頃にいつもここを歩いたなあ、と少し感傷的になる街角なのですが（そりゃあもう、産んだのも代官山ですし、育児に関しては数え切れないほどの思い出がある街なので）、そのときはただただその蓄積が嬉しかったのです。

　感傷を取るか、豊かさを取るか。

　どちらもいいものなんだなあ、人生なんだからと思ったのです。

　どちらも美しい、痛いほどに、と。

　でももちろん痛くはなくて、ただただ感謝

して、生きていることが嬉しいなと思ったのです。

この気持ちを知って死ぬのと、知らないのとでは全く違うと思うくらいに。

若いときは、どんなすてきな服や皿や家具を買ったって、死んでしまったらもう触れない。だからどうでもいいと思っていました。

でも今は少し違います。

最後の瞬間までとことんやるからこそ、すっきりと執着なく手放せるのだと、そう思っています。

そのとき、タクシー待ちの夜道で、私は確かに私の未来のかけらをつかんだと思いました。なにかに照らされた、そっと肩に手を置かれた、光が見つけてくれた。

ユリイカ！　そんな感じでした。

香水の箱、ペンで名入れしてくれました

◎どくだみちゃん

あのとき

渋谷の今はもうない建物にその映画館はあって、

私は姉と、なぜか特に仲良くもなかった中

川さんという友だちと、三人で「サスペリア」[*15]を観に行った。

すでに「ゾンビ」でアルジェント監督への愛には下地があった。

しかし、「サスペリア」は私の人生を根本から変える映画だった。


今も覚えている。

中学のクラスのいちばん前の席ですやすや寝て、チャイムがなったので目を覚まして（しょうもないなあ）、

「ああ、今日は怖い映画を観にいくんだ、嬉しいなあ」と心底から思った。

まさか人生を変える映画だとは知らずに。

でも確かにそのときの気持ちの中に、未来からの温かい手がさしのべられている気配があった。


特別な気持ちになったのだ。

世界がクリアだった。なんでこんなふうに世界がくっきりと美しいのだろう？　と私は思った。

それはそこに未来からの光が射していたからだ。

「サスペリア」を観てノックアウトされてから、アルジェントの全ての映画をくりかえし観て、
同じくアルジェントを愛していたジョルジョが私の作品を訳して、
私はイタリアに導かれ、イタリアと深い縁を結ぶことになり、
アルジェント監督や元奥さんのダリア・ニコロディさんやお嬢さんたちに出会った。
それは私にとっては、どんなハリウッドス

ターたちに会うよりもすごいことだった。

おじょうさんなんて画面の中で七歳くらいからずっと観ているのだから。

夢は叶うということよりも、あのときの光を私はまた見つけるだろうと思う。

未来からの光は、純粋に照らしてくれるのだ。

それをキャッチできる自分でいたい。心を開いて。

あの日、ゾーンに入った私の耳から、教師の授業の声はどんどん遠のいていって、私の目には校庭の緑や、空や、筆箱の中のペンたちや、自分のまだ若くか細い手が、今ここにしかないはっきりとした、えもいわれぬ美しさに映った。

世界が、未来が送ってくれるサインが、私のまわりで妖精のようにキラキラ輝いていたのだ。

美しいチョコレート

◎ふしばな

魔女

トリノには大まじめに魔女の学校があるとか、ダリア・ニコロディとそのお友だちの謎の若い女性が会ったとき、秘密の動作で挨拶を交わし合っていた（手を複雑に手話のように組み合わせてなにかを話していた）とか、ローマのカタコンベにはミイラが山盛りあってそれも信仰の賜物であるとか、イタリアに初めて行った頃、そういうことは全て未知だった。

しかしこの世にはほんとうに、ふつうに恐ろしい団体に属し、ブラックマジックの世界を生きている人たちがいるということが、ヨーロッパを旅しているとわかってくる。彼らは表向きいいことをしているというふりさえしない。

それこそバレエ学校だとか、歴史の研究だとか、いろいろな形態をとってなんとかそっと暮らしている。

そこに理由はないというのが、すごいところだと思う。

リメイク版[*16]の「サスペリア」はよくがんばっていたとは思うが、やはりそこに「歴史の中で虐げられた女性たち」「ダンスに関しては美を求める」という理由づけがあったのが弱いな〜、と思う。

というのも、元々の「サスペリア」の魔女たちには全く理由づけはなく、ただ魔女だからこんなふうであるというだけで、隠れ蓑であるバレエの学校も、自然に生業(なりわい)であるという程度で、さらには主人公の生き残りだってほとんど偶然だったからである。

　この人が死んだら困るっていうのはラスボスくらいで、あとはもうなんでもいい、退廃と堕落と美が徹底していれば、という感じであった。

　理由とか目的とか目標とか権力志向とか、そういうものがないからこそ、魔女なのではないかと思う。

　理由がないけれど、そうせざるを得ない、だって生きているから。みたいなものが最強だなと思う。

　耽美というものは、そういうものではないだろうか？

『ポーの一族』[*17]のエドガーは、ああいうふうにしか生きられない特殊な生きものである中で、家族的な存在たちを命をかけてある種の愛で守ろうとしている、あの狂気こそが美しいのではないのか？

ぐっすり

うまみ

◎今日のひとこと

毎日のようにごはんを、てきとうでも作っていると、組み合わせこそがだいじだということがわかってきます。

量がだいじなのではなく、じゃ高級なものをちょっぴり？　という制限でもなく、ループできるおいしさを組み合わせるということと、それが季節のもので、その季節に体が欲している素材だということが極めて大切だと。

それは、洋服に関しても全く同じ極意なんですけどね。

白くまの模型

最近、高級ではないスーパーはどんどん、お惣菜売り場ばっかりになっています。お菓子やもうほとんどできあがった毒々しいパッケージの商品がこれでもかという数で並んでいる。

そしてはじっこに新鮮というほどでもない感じの野菜や、種類の少ない肉が、力が入ってない感じで並べてある。

そのようすを見てもちっとも作りたいものが湧いてこなくて、市場がだめになるってことは、国がだめになるってことなんだなってしみじみと思います。

たとえば、ブラジルやメキシコやインドネシアやインドや台湾の、ふつうの人が食べる料理って、ほんとうにお金がかかってないけれど、調味料を発酵させたり、新鮮な食材だったり、絶妙に辛かったり、必ず後をひく味になっています。麺やパンや米をいろいろな形に作って、プレーンなそれらをいくらでも食べることができるソースや調味料。

それが家で作るものの醍醐味だよなあと思うのです。

アジアの国々ではその地味なものが身体のベースにあって、その上でみんなコンビニとかスーパーに行って、ものすごいパッケージのお菓子やカップ麺を買うので、意外にそんなにたいへんなことにはならない。

日本人だったら、おつけものとおみそ汁と季節の野菜とそのへんで採れた魚や肉、それにゆず胡椒や七味やかんずりやぽん酢とかなのかなあ。

すごく安くて、主食がたくさん食べられるような、あとをひくうまみに満ちた、そんなものがベースにあればいいんだよなって思います。

ヒヤシンス

◎どくだみちゃんえびせん

父がエッセイの中でかっぱえびせんのことを書いたら、カルビーからひと箱のかっぱえびせんが送られてきたことがあった。

もうかなり晩年に近づいていた父にとって、それはほんとうに嬉しいことだったのだと思う。

喜んで部屋に置いて、こつこつと食べていた。

歯が悪くなっていて、さくさくと食べられなかったのだと思うけれど、時間をかけてしみじみと食べていた背中を覚えている。

「おう、まほちゃん、これをひと袋やるよ」とくれたこともある。なんだかすごく嬉しかった。大切なものを分けてくれるなんて。

もう自分で歩いて買いに行けないのだから、人にあげたくなんかないはずなのに。

あのうまみは、ゆかりにも出せないし、東京駅のカルビーで売っている高級なえびせんでもだめなのだ。

父が死ぬ前は、父の万年筆やタンスが、淋しさをなぐさめてくれると思っていた。

でも、そうではなかった。

ものにすぎなかった。

それと同じで、父が死んでから食べるかっぱえびせんは、なんだか淋しくて、あんなふうにやめられなくとまらなくはならない。

幼い頃、ジャコビニ流星群を見に行って、帰りに寝てしまったとき背負われた父の背中。そうは言ってももう大きかった私、重かっただろうに。

その背中と、えびせんを食べていた細い背中は同じだと思うと。

人生はほんとうにあっという間で、好きな人を好きでいる時間しかない。

まばたきしているあいだに、飛び去っていった。

子どもが小さい頃着ていたお気に入りのTシャツは、ものとして捨てることができるけれど、

「ママ大好き、ママおやすみ」

と書かれたお月さまの絵は捨てられない。

それはきっと子どもがまだ生きていてくれ

ているから。
それ以上にありがたいことはこの世にない。
それを忘れたくない。

つゆ艸のプリン

◎ふしばな
永遠の味

父のおそろしい卵焼き（まずいので「まずい焼き卵」と呼ばれていた）については何回も書いたけれど、それは懐かしいというだけでおいしいという話ではない。

私がどうしても忘れることができない父の味は、ふたつある。

ひとつは豚肉と白菜とにんじんの鍋だ。

白菜はかなり思い切って芯のところまで入っているし、にんじんが想像以上に分厚く切ってある。私は勇気がなくてあんなに厚く切れないし、輪切りじゃなくて縦なところも不思議だ。豚はバラではなく多分もも肉だったと思う。

これを、私はついぽん酢で食べてしまうのだが、そうではないのだ。

父のバージョンではすりおろし玉ねぎとしょうゆのみにて食べるのである。それが異様にあとをひくおいしさなのだ。

もともとおいしいと思っていたのかどうかさえ覚えていない。あまりにも昔からくりかえし出るメニューなので、刷り込まれてしまっている。

翌日にその残りをみそ汁にしたものが確実に出てくるのだが、それがまたものすごくおいしい。冬の幸せだった。

でも、自分で作るとついみそを控えめにしてしまう。

だから二度と再現できないのだった。

もうひとつは、バターロール（高いやつでは決して再現できない）の中に、思い切りバターをはさんで（塗るのではない）、さらにチーズ（ごくふつうのプロセスチーズ）、コンビーフ、レタスを挟んで、それをアルミホイルに包んでオーブンで焼くというものだ。

これは禁断のおいしさなのだが、もうあらゆる意味でほとんど溶けそうなくらいの油なのである。

自分で作るとつい、レタスを増やしたり、バターを薄く塗ったり、パルミジャーノを挟んだりしておいしくしてしまう。

しかし違うのだ。それをしたら消えていくなにか、多分時代に深く関係があるなにかがあるのだろう。

添加物いっぱいでも、油ぎらぎらでも、化学調味料をみっちりかけてあっても全く気にならずに、ふつうに飲むようにそれらを食べていた時代。ポテトチップスはひと袋すぐにあけ、サイダーは際限なく飲み、買ってきたお菓子はふつうにその日のうちに食べ切ってしまう、そんなことがあたりまえだった頃。

　なんで健康でいられたのか、若いってすばらしい。

　あの頃と今の何が違うのかと言われたら、もしかしたら「空気」かもしれないと思う。朝起きたときにおいしいと感じたあの匂い。雨の匂い、季節の匂い、風の匂い。そういうものが私の住んでいる東京には一切もうない。かろうじてたまに潮の香りが届くくらいか。

　それがきっと、体を弱らせているんだろうなあ……とわかっている。

　自分では基本どうすることもできない（引っ越すとかしか）ことなので、なるべく健康的に暮らすことを心がけるしかないけれど、あの頃私があんな食生活でぴんぴんしていたのは、若いからだけではなく、空気が今よりもましだったたっていうのはあるだろうと思う。

　でも私が幼い頃だって、東京は未曽有の光化学スモッグ警報が毎日出ていたし、海はゴミでいっぱいで、今のほうがよっぽどいいはず。悪くなっている一方だという考えも決して持ちたくはないなあと思う。

キャットタワー

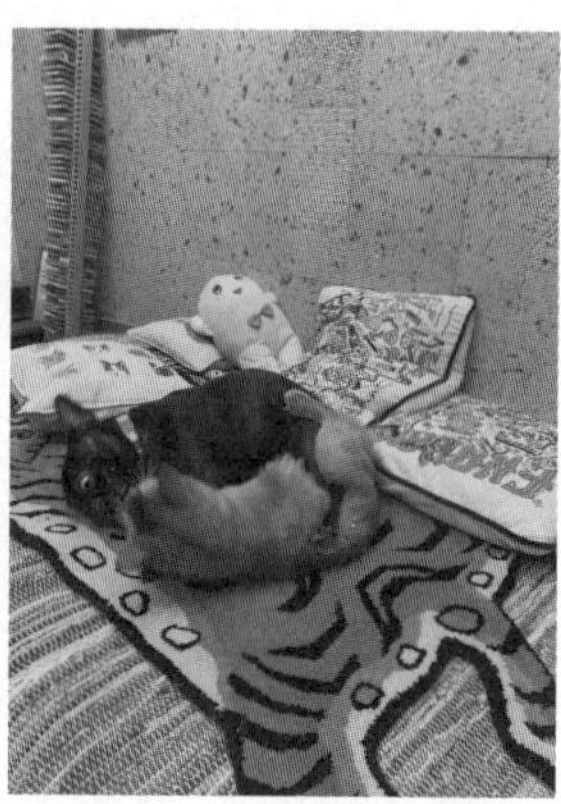

とっくみあい

家もようとお金もよう

◎今日のひとこと

よくあんなにどんぶり勘定で生きていたなあと、今の私は思うのです。

でも、なんとなくわかってはいたのです。もしかしたら、何をどうやっても、収支ってそんなに変わらないいんじゃないかなあって。

そして実際にそうなのだと思います。

若くて、どんぶり勘定のときには、その分いくらでも徹夜でばりばりと働いて、また稼いでいたのです。

なんと言っても、あまりに忙しすぎて、事務所物件のローンをいつのまにか返し終わっていたというくらい、いいかげんでした。

千葉、「シタール」の灯

だから結局は一緒なのです。

なにが違うんだろう？　と思うと、気分が違うんです。それだけ。

今は体力がなくなった分、世の中のことがよくわかってきたのですが、そのまま、やっぱりどんぶり勘定のまま（私の亡き父のように、死ぬまで）人生を終えるのでも良かったのかもしれません。

だって、うんとけちけちしてなにかを削っても、高い税金だとか、どうしてもしなくてはならない取材のお金などで、たいていは人生全体を長い目で見たらとんとんになるのですから。

でも、世の中のことがわかってきたら、なぜか「損したくない」とか「得したい」とかではなく、「少しでいいから知っていたい」と思うようになりました。

その知っていたい、把握していたいという気持ちこそが、お金との、人生との心地よいつきあい方なのではないかなあ、とこの年齢になってやっとわかってきました。

だれにも教わらず、いっぱい痛い目にあって自分だけで実感として納得いくまで学んで得たことなので、もう決して身体から抜けることのない学びです。

これを得ることができたのが人生の宝だなあと思います。

そしてこういう学び以外は、ほとんど意味がないなと思えるようになったことも。

◎どくだみちゃん
ぬいぐるみ

大学のときにすでにお店の経営をしている友だちが、「仕事のパートナーに子どもが生まれたんだ。嬉しくて嬉しくて、こーんなでつかいぬいぐるみを抱えて、病院に行ったんだよ、昨日の夜」

とにこにこしながら居酒屋で言った。

なんてすてきな、でも私にはまだわからない、大人の喜びなんだな、それは。

そう思った。

彼の笑顔の周りにあったオレンジ色の温かい光をよく覚えている。

仕事のパートナーを持つことも、子どもを持つことも、仕事をして収入を得ることも、そのときの私にはまだ遠いことだった。

ただ、その瞬間への憧れが私の何かを育てた、そう思う。

晩年の父が、うちの息子と一緒に巣鴨のお地蔵様の縁日に行ったとき、息子がちょっとほしそうにした、小さなおもちゃの露店にあった、電池で動き、きゃんきゃん吠える犬のぬいぐるみ。

「うちにもいっぱいあるからいいでしょ」と私が言って一回通り過ぎてから、

「やっぱり未練がありそうだな、買ってあげようよ」

と父が言って、

みんなで車いすで戻って買った。

もちろん息子は喜んでその犬に名前までつけたけれど、私がいちばん嬉しかった。

私もそうして戻ってもらった記憶があった

からだ。

うらやましいのではなく、自分が買ってもらった感じがあった。

親はいつまでたっても親なんだと、そう思った。

カニパズル

あの瞬間が、私の子どもに接する態度を少し変えた、今でもそう思う。

◎ふしばな
冷蔵庫と食材のストック

若い頃、とにかく忙しくて買いものに行くひまもなく、ただでさえ売っているお弁当があまり好きではなかった（健康志向だからでは決してなく、添加物を一回しばらく抜いたら、その独特のぱりぱりした感触やべたべたした甘味がわかるようになってしまっていた）ので、宅配の野菜を定期的にとって、簡単に煮たり焼いたりしてごはんを食べていた。

今でもたまにそういうことがあるが、会食や取材でなかなか家でごはんが作れないようなとき、野菜をだめにしてしまう率が昔のほうがすごく高かった。あと、忙しいから、時間があってスーパーに行けたときにとりあえず保つものは買っておくので、サランラップだとか海苔だとかペットフードがあふれるほど家にある状態になる。そのうち使うだろうと思って賞味期限が切れてしまったりする。

あるときから、お金の面ではなくてものを捨てるのがいやで、ストックと補充にちゃんと時間と頭を割くようになった。

人ってすごいなと思うのは、「使う」「食べる」という意志を持ってさえいれば、缶詰とかそうめんとかは、ちゃんと減っていくのだ。なにがあるかを把握し、なるべく使う方向でメニューを組めばいい。昔の私は忙しくていつも頭が朦朧としていて、「何食べよう、簡単にできるもの、パスタ、トマトソースあるし、パスタだけ買ってこよう」で終わってしまうのだが、そこで「うどんを使ったらどうだ？」「タマネギが余っている、入れたらどうだ？」と思うことができるのは、使うという意志があることと、今家にあるものを把握しているからだ。

これが、生活への愛（決してもったいないからというお金への愛ではない）というものなんだな、と思う。

これがなかったときは、なんとなくなにかが欠けているような、虚しいような感じがした。今は違う。

この冷蔵庫だとかストックだとか意志だとかを、貯金だとかローンだとか通帳だとか銀行だとかに置き換えて考えてみると、お金との良いつきあい方、お金持ちになれるかどうかはともかく、愛のある個人の経済世界を作り出せるのではないか、そんな気がする。

姉の作ったとり天の山

「なかむら」のおにぎり

出会うことと気づくこと

F式

◎今日のひとこと

大島弓子先生の不朽の名作「F式蘭丸」[*18]を初めて読んだ頃、まさか私は私の心が五十過ぎても全く変わらずに蘭丸を求めているとは思っていませんでした。

精神だけでつながっている、見えないほんとうの友だちを。

そしてそれはきっと自分の内面が姿を変えたものなんでしょうね。

私は男女の恋愛関係にほとんど最低限しか興味がないのです。

自分の人間関係を作る上で大事な機能が腐っているのでは？　とさえ思います。

おはかまいり

でも、よく考えてみたら犬も猫もその命の中でそんなに何回も発情したりしないし、犬や猫でさえも、種族を保存したい本能の他には、他者を求めるのは常に愛の面影を追いかけているわけだから、いいのかもしれないです。

こんなにも世界中が恋、恋、恋をしようよと言ってるからなのでしょうか、なんだか私はそれに逆らって、他にもすてきなことはあるよ、恋って事故みたいなものだもん、と思いながら長い間損をしていたような得をしてきたような。こういう人生でいいんだなとは思っているのです。

人ってきっとだれもがあまりにも淋しくて、いつまでも完璧な恋を求めたりしている反面、ほんとうは単に人と一緒にいたいし、人といい関係を作りたいものなんだと思います。

死んだ友だちがずっとひとりぐらしをしていて、なかなかのむつかしい人物だったからというのもあり、最後のほうは人がだんだん離れていき、どことなく淋しそうだったことも、この考えに拍車をかけています。

せめて犬か猫を飼っていてくれたら、もっと気楽に話しかけやすい状態だったのになあ、とか。

せめてあの数時間止まらないマシンガン己トークをやめて、会話、対話をしようとしてくれていたらなあ、とか。

孤独と仕事のすごいきつさがきっと、彼女をそんなふうにうまく人と対話できない人にしてしまったんだろうと思います。

家族とは愛おしい反面、ものすごくわずらわしいものでもあります。みんな木の股から生まれてきたわけではないので、たとえ結婚して自分の家族の煩わしさから逃れても、親戚だのなんだのいっぱいいて、好きでないかもしれない人もいっぱい増えます。

自分のきょうだいも基本いつだって面倒なものだし、そんなに相性なんていいわけがない。子どもを育てるに至ってはもう自分の人生なんて半分なくなるようなものです。

でも、もちろんいいこともたくさんあります。

あの大量のわずらわしさの中から、金貨のようにたまにぽろっと出てくるのです。

その大量のわずらわしさや、憎たらしくて眠れないのに同じ家や近所にいたり、けんかしたり仲直りしたりすることや、経済的に迷惑をかけあったりすることや、いやなことでもまあしかたないかとやることや……そういうことを全部めんどうだからと避けておいて、やっぱり最後ひとりはつらいと言われて、できるだけのことはしてあげたくっても、すでに長い道のりだからその人にもひとりでいるためについた独特の癖が強くあって、本人もひとりの楽さから離れられなくて、周りはたまに会いに行く以外はどうにもしてあげられない。

それはよくあることで、私の姉とか義理のお父さんもそういうひとりかもしれないけれど、彼らを好きな人たちはきっと彼らをできるかぎりは愛し抜くでしょう。

でも、ひとりを選んでしまったことに関しては、もうどうにもならない。

そのことを、死んだ友だちはカウンセラーという職業柄きっといやというほどわかっていて、だから最後までだれにも助けを求めなかったんだなあと思います。

とても切ないことですが、あそこまで貫いたら立派なことだったのかもしれないと思います。

今年の私にとっていちばん苦しくて切なくて悲しかった別れは猫たちとの別れでしたが、その二匹はもう天寿だったのでしかたがないとしても。

友だちは、最後まで友だちとしてだけ去っていったこと、私はその孤独な日常生活に対してなにもしてあげられなかったし、するべきでもなかったからいいのだ、ということ。

そういうことをしっかりと受け止めました。

そして他にも同じ時代を一緒に走ってきたさくらももこちゃんという、とてもとても大切な友だちを失いました。若いとき毎週一緒にお風呂に通って、サウナで横になってうだうだと話をした人です。

若いときのことがほんとうに過去になっちゃったような感じがします。

死んだみんなが、それぞれらしく生きた、それしか言えないのですが。

人は自分の生活を精一杯、それぞれの苦難を背負って生きるしかない。

楽な人生はない。そんなようなことを今年一年かけて、深く理解しました。

そして、いろいろな苦しみはあったとしても、最後には愛した気持ちと楽しかった日々だけがこうして残るのです。

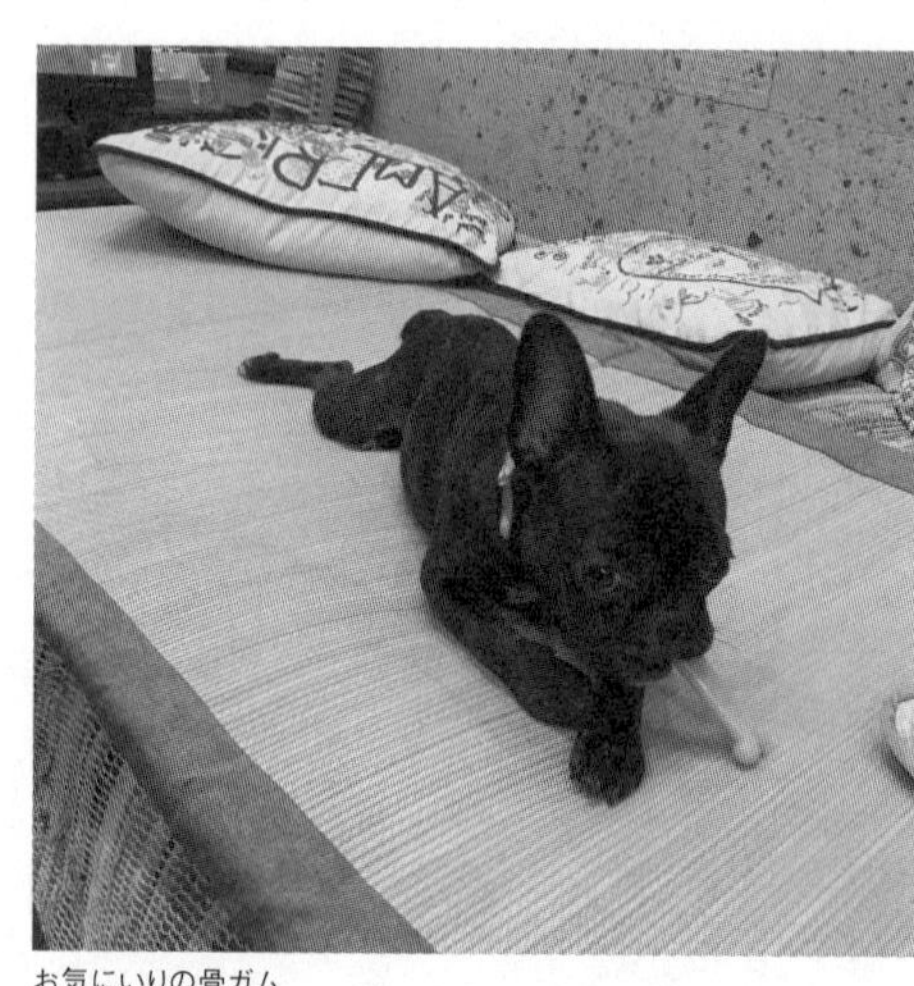

お気にいりの骨ガム

◎どくだみちゃん
ぼたんどうろう

あるとき夫が、フライングタイガーでうんと安い、猫のためのねずみのおもちゃを買っていた。

猫が手を入れるとねずみが回って、遊べるものだった。

私は言った。

「もうビーちゃんはそれで遊ばないと思うよ、おじいちゃんだし」

夫は言った。

「わかんないよ、これを見たら遊びたくなるかも」

うちのその猫はもう十七歳で、ほとんど寝

たきりだったし、体はやせ細っていて、歯も抜けて、毛は古い毛布みたいだというのに。

そのとき私は悟った。

私がもうほとんど死んでいるボロボロの犬を、まだ生きるかもしれないと信じていて、お姫様みたいな美犬に見えていたのと同じように。

猫命の彼には、まだ猫が若く美しく見えているのだろうと。

それに応えて、猫は夫が出かけるまでは快活に振る舞い、

彼が玄関を出ると力尽きたように窓辺に横たわっていた。

口をあけてよだれをたらして、下半身は紙のように薄くて。

私にその弱い姿を見せてくれることも、

夫には絶対に見せないことも、

猫の愛の形だった。

もちろん猫はそのおもちゃに見向きもせず、いつか子猫が来る日まで、何年先かわからないけれど、取っておこうということになって、

その、おもちゃ

そのおもちゃは椅子の下にしまわれた。
子猫が来て、ついにそれで飛び回って遊んでくれたとき、
私は泣いてしまった。
子猫が遊んでくれたのが嬉しくて。
そしてあのおじいちゃん猫にもう一回でいいから会いたくて。

◎ふしばな

エルドン

その頃読んでいた坂田靖子さんのマザコンのまんがに出てくる主人公の名前。[*19]
私の夢に出てくるその白っぽい人と、特に似ていなかったのだが、笑顔の感じは同じだと思ったのでそう呼んでいた。

エルドンは男でも女でもなかった。

リネンっぽいゆったりした服を着ていて、金髪だったのを覚えている。

自分のハイアーセルフとかいうものなのか、精霊的なものか。

しかもすることと言えば、蘭丸のようにそばにいてくれたり相談に乗ったりしてくれるわけではなく、ただ朝起こしてくれるだけなのだ。


エルドン、明日は八時半に起こして。

と言って寝ると、八時半にエルドンが夢の中に出てきて、「朝だよ」と起こしてくれる。ただそれだけ。


そのときは子どもだったから深く考えなかったのだが、よく考えてみるとすごいことだ

と思う。目覚ましなしで目が覚めるし、そのことになんの疑問も持たないなんて。

それでも私はエルドンが実在したとは思っていない。

私の無意識の深いところに、そういう能力が潜んでいたのだと思っている。

でもそれが私自身を頼みにする私として現れてこなかったこと、私以外の姿を取らないと発動できなかった能力だったことにも、深いところで人類の歴史の中でのあらゆる偶像の存在などにつながる、大切な意味があったのだと思う。

そんなふうにわかっていても、たまにそのまんがを読み返してみて、エルドンの姿を見るとちょっと切なくなる。

全然似ていないものだったかもしれないというのに、もしかしたら超おどろおどろしい姿だったかもしれないというのに、おかしいなと思うのだが、しかもそのまんがをものすごく好きだったわけでもないのに、切ないのだ。

姉が京都に行ってしまい、ひとりぼっちになってつまらなかった私、淋しかった私が、なんだかわからないけれど大好きだった鯛のおもちゃを抱きしめて眠りながら、エルドンに起こしてもらっていた日々。

まだ両親がぴんぴんどころか元気がありあまっていて、父はまだ糖尿病になる前で、私は自分をねじまげていくつらい思春期の道に入りつつあるところで。

でもそんな全てが愛おしい、今となっては。

大野百合子ちゃんと対談をしていたら、

「天使たちのことを総称して『エル』と呼ぶんだよ」と言っていてびっくりした。エルドン、天使だったのかもしれないなと思った。

ふだんは夏に海に行くと、風景や宿の様子のあまりの変わらなさに切なくなり、両親の面影を探してしまっていた。

しかし今年は今の自分の今の日々だけに焦点があった。それだけでも収穫だった。

そしてかつての両親に、孫と一緒に海に来る幸せを短い期間でもあげられてよかったなと思った。

人生ってほんとうにあっという間だ。今でも私の心にあの気の毒だった少女は住んでいるのだろう。でもそこに固執してもしかたない。生きている限り今を見ていたいと思うのだ。もしもしょぼい今、淋しい今であったとしても。

大阪のホテルの窓から

親がいた時間

◎今日のひとこと

　友だちのお父さんの運転する車にお母さんと一緒に乗せてもらって、初めての美しい景色をぼんやり見たり、その解説を聞いたり。

「お父さんとお母さん」の会話を聞いたり。なんていうことないこと。あのとき、こういうことがあったよねえ。あれ？　それはもっと前のあのときじゃなかった？　なになにさん、元気かしらね。

　長年連れ添ったお父さんとお母さんという種類の生き物でないと、できないタイプの会話があります。

勾玉づくり

宮崎の夕陽

それはイメージ的には「休日のアウトレット」「休日のイオンモール」の匂いがするもので、ある種の平和な退屈と結びついているのです。

これから何食べる？　あそこはどう？　ここにしようか。

どうなるかなんてもうわかっているのです。いつもの店、ちょっと自分の人生の年代とは違う場所だし時代も違う者同士だから、深く会話したりげらげら笑ったりすることもあまりなく（でもたまにあるのでそこがまたおもしろい）、生ぬるいぬくもりみたいな感じに包まれて、ごはんを食べるんだろうなあ。

そんなことがどれほど得難いことなのか、親がすっかりこの世からはけてしまって、初めてわかりました。

父が意識不明になる直前に、父と母は一緒に歌を歌っていて、それはとても珍しい光景だったのですが、あれは神様がくれた時間だったんだなあと思いました。

その頃も動けないから同じ家の上と下にいて、父が入院したら母も入院して結局父が死んだときも同じ病院の屋根の下にいたわけで、仲良くは見えなかったけれど、どんだけ仲良しだったんだと思います。

だから私が最後に一緒にいたふたりを思い出すと、いつもふたりは並んで歌っているのです。かわいいなあ。

大恋愛して、かけおちして、けんかして、大騒ぎして、歳とって、最後はお歌で終わりましたねって、最高ですよね。

そう、家族って同じ屋根の下にいるだけで、別にいいんですよね。

家の中に気配さえあれば、それでいい。

仲良くなんかなくったっていい。

それが家族なんですね。

宮崎の公園（上）とやわらかいうどん（下）

◎どくだみちゃん

道の途中

わかってしまうということと、それをどうするかということのあいだに、優しさがある。

あ、この人、今うっかり意地悪な気持ちになったな、と思うとき。

あ、あの人、わざと手を抜いた、めんどうだからだなって思うとき。

なんで私はなにもしてないのに、変にからんでくるんだろうと思うとき。

まあいいか、見逃してあげようと思う。私もなるときあるし。

そして思う。

「みんながそれぞれの道の途中なんだから」だと。


菊地成孔さんがラジオで、「最後の瞬間まで楽しくいられたら、それでもう勝ちですからね」みたいなことを、悪性リンパ腫になったリスナーに言っていて、目が覚めるほど納得した。

最後まで笑っていられたら人生勝ちなんだと思った。

病気に自分の持っているいろんなものをあげちゃいけない。人生を病気が柱であるものに変えてはいけない。楽しむ主導権は自分なんだ、だれにも渡さない。

そういうことなんだ。


明日から家族が遠くに旅立つとして、行ってしまったあとのがらんとした部屋以上に淋しく感じるのは、荷造りの音。

明日の今頃は一緒にいられないんだなと思

うとき。

それは永遠の別れの小さな予行演習。

ふわ〜っと握っていたい。最小限に。

友だちのお父さんとお母さんと一日過ごして、ああ楽しかった、おいしかった、安心だった、まさかこんなに一緒に過ごしてくれるなんて。

と感謝しかない気持ちでお風呂のしたくをして、大浴場でホテルが一緒の子と待ち合わせをするまでのたった五分くらいの間に、急に涙が止まらなくなって、
親が恋しい、親に会いたい。

そう思った。

涙はケロッと、にわか雨みたいにひっこんで、私は友だちと温泉に行って、露天風呂から夜景を見たり、もっと若いときはこのあとさらにビールを買ったりしたけど、あれってなんだったんだろうなあと思いながら、涼んで冷たいお水をおいしく飲んだり、おしゃべりしたりして、完璧に幸せな気分だった。

両親と暮らした家でひとり暮らす姉にもきっと、こんなときがあるのだろう。

そしてケロリと泣き止んでテレビを見て笑ったりするのだろう。

どんな人も、だいたいそんなもんだろう。

だから大目に見られたらいい。みんな道の途中だもの。

怒らないでぼんやりと「やめてよ〜」とか「それはちょっと違うかな」と言えたらいちばんいい。

ビールを飲んで、夕陽を見たらすぐ忘れてしまうだろうと思う。

いつかあちらに行ったら、いや、実はあちらの世界って未来にはなくて今の中にしかないんじゃないかと思っている私だから、みんなに会えることをさほど期待していないけれど、別世界を初めて味わってちびまる子ちゃんみたいにパアァとなった私はどんな好奇心を見せるんだろうなと思う。

こんなへなちょこな私と過ごして、息子だとか歳下の人たちが、そんなふうに意味なく親といる安心を抱いてくれたら、私は幸せ。しっかりしなくちゃなんて思わなくていい。そしてただいるだけでいいやって思ってくれたら。

実家の前の姉と猫

◎ふしばな

みのるお父さん

うちは家族で車に乗って出かけるようなことがなかったので、団欒の幸せを知ったのは、ピロココ[*20]ちゃんのお父さんとお母さんのおかげさまだった。

あの家族に混ぜてもらえたことを、一生忘れないいし感謝している。

お父さんはすでにそうとう具合が悪く、つねに喘息の薬を吸引していたけれど、いつでも私たちを乗せて運転してくれた。となりにはお母さん。お父さんが苦しくなったときのために、凍らせた水のペットボトルをいつも用意していた。そして楽しそうに会話をしていた。あれを食べるならあそこに寄って買い物していこう、それよりもっと近くのあそこのほうが、駐車場が広くていいいんじゃない？みたいに。

私というゲストが来ているからこそ、家族がちょっとだけまた子どもたちが小さかった頃みたいに一緒に行動したとも言える。

「持っていこう」と積んだほうれん草でいっぱいの車が温まってどんどん臭くなり、ほうれんそう臭の中励ましあって山の家にたどりついたりしたのも、いい思い出。

山の家からは丹波の山の連なりがみんな見えて、ちょっと休憩してうたた寝すると、夕方のピンク色の雲の波にうっすら山のシルエットが浮かぶ景色がうすぼんやりと広がっていた。ほんとうに美しく、夢の続きのようだった。

お母さんが大量の串揚げの準備をしてくれたり、みんなで餃子を包んだりして、さあごはんを食べようという感じになるときも幸せだった。

もう十年も残っていなかったみのるお父さんの人生の最後の貴重な時間を、そうして私たちと一緒に笑顔で過ごしてくれたことを、今でもとてもありがたく思う。

九州で友だちのお父さんとお母さんの車に乗せてもらったとき、自分の親のことももちろん思い出したけれど、みのるお父さんのことも強烈に思い出した。

どのお父さんも去っていってしまう。最後までお父さんのままで。

最後まで夫婦のありふれた会話をしながら。

ありふれた会話というのは、むだではないんだと思い知った。

私たちもきっとそうして去っていくのだろう。

息子の嫁とか友だちは、それをありふれた退屈な夫婦の会話として聞くのだろう。

それが太古の昔から連綿と続いてきたんだ。

人類ってすごい！　なんだかわからないけれど、そう思った。

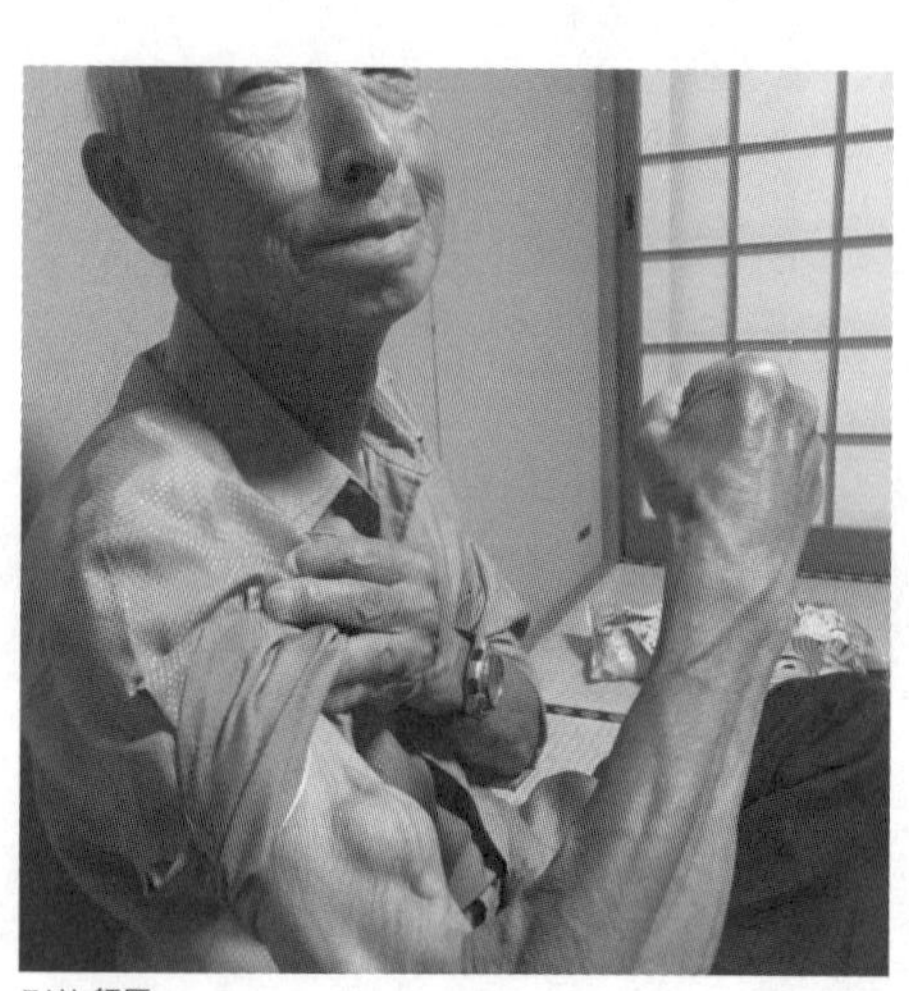

こけし師匠

よそんちのごはん

◎今日のひとこと

すごく昔、若かった頃に、鎌倉にある編集者さんのおうちに遊びに行ったことがあります。

料理上手な奥さまが凝ったカレーを出してくれました。

窓の外は海、とてもおいしいカレーやサラダ、すてきなマンションの部屋。

すばらしい生活ですね、と若い私と友だちは、はしゃいで言いました。

ここに住むのはすばらしいよ、週末散歩してるだけで気持ちが晴れる、と彼は言い、そ

近所のお皿がすごい店の魚の竜田揚げ

して「最近妻にちょっとした病気が見つかってね、命には別状ないんだけれど、もう治ることはないということなんだよ。ああ、もう私たちもついにそういう歳なんだなあって思ってねえ」と続けました。

「治るようにいろいろ努力してほしいな」と思ってしまった、そのときの若い私にはわからなかった気持ちが、今はわかるのです。

そういう年齢になったんだなと思います。

まだ十歳くらいのとき、知っているおじさんとおばさんの家に急に寄って、すごく迷惑がられながらごはんを出してもらったことがありました。

急に来る子どもほど始末におえないものはないよね、と今はもちろんわかります。

遠距離散歩コースの途中にその家があると、つい寄っちゃうんですよね、子どもだから。

私と友だちは、迷惑がられてもごはんを出してほしかったわけじゃないのにな、と思います。

「食べたら帰ってね」

「今日は遊べないから」

「今日は友だちが来てる日だから困るのよ」

と冷たく言われて、うまい断り方もわからなくて、「お腹が減っていたわけじゃないんです、ただ笑顔が見たかったんです」という本音も表現できなくて、玄関のわきでむりにごはんを分けてもらって無視されながら、「早く帰ってくれないかな」という雰囲気の中で食べたときの、悲しい気持ちを今も覚えています。

「ごめんね！　今日はごはんもなにもなくて、

また今度ね！」

と言ってくれたらすぐに、じゃあまたねと帰ったような、そんな気がするのです。

大人になったら、あの雰囲気がなんだったか、だんだんわかってきたのです。

きっとあのおばさんはおじさんに「いくら子どもたちだと言っても、しょっちゅうは困るのよ」「家計もたいへんなんだから」とか言ってたんだろうなあって。

それを大らかなおじさんがうまくいなしてたんだろうなって。

というのも、大人になったら夕ご飯どきに帰らない人っていうのがたまにいて（前の家の話。今の家はほとんど人を呼ばない……っていうか汚くて呼べない！）、しゃけはしっかり三人分しかないし、ごはんも三合しかないし、卵も一個くらいしかないいや、どうしよう！　でも帰らない〜、みたいな気持ちがよくわかるからです。

今の私なら、分けっこして全員前菜だけにするか、みんなで外に食べに行くかなあ。

高校のとき、いつも遊びに行っていた洋子ちゃんのお母さんが、まるで料理本のお手本みたいなシンプルなたらこスパゲティをよく作ってくれました。

夕方五時くらいになると、なにもお願いしてなくても黙って出てきちゃうんです。

なんの工夫も特になくて、バターとたらことカットレモンだけなんだけれど、絶妙な塩加減で、幸せでした。

でも、なによりもあの、お母さんの笑顔が嬉しかったんだと思います。

おいしいと思って食べてくれてありがとう

ね、という笑顔が。

ごちそうさまでした、と言って、チャリンコで帰りました。

もちろん私の存在が迷惑だった日もあるかもしれないけれど、それはやっぱり温かい思い出なのです。

あれ以上少しでも凝ったお料理だったら、私も親も、手土産とかお中元だとかお歳暮だとか、そういう世界に突入したように思います。もちろん多少はお返ししていましたが、自然な形でした。

まるでおやつみたいに常備してあるあの味が、全員をむりなく幸せにしてくれていて、私は今もああいうさりげないたらこスパゲティをうまく作ることができないんです。

◎どくだみちゃん

おいなりさん

近所のおばあちゃんは毎年、たくさんのおいなりさんをお正月に作ってくれた。

私は毎年それを楽しみにしていた。

昔ながらの江戸っ子好みの甘い味で煮た油揚げと、酢が利きすぎていない優しい酢飯。

それはちょうど、父が大好きだった谷中銀座のいなりずしやさんで売っていたものによく似ていた。

味も、大きさも。

父がそのお店に寄って、おやつを買うみたいに嬉しそうに、おいなりさんとかんぴょうののり巻きを買う場面をよく覚えている。

何個でも食べることができる素朴な味だった。

去年、おばあちゃんはもう自分の家でお正月を迎えられなくなった。

施設に入ったのだ。

施設にも楽しいことがいろいろあるのよとおばあちゃんは言い、お嬢さんが買ってきた和菓子を出してくれた。

生きていてくれることがただ嬉しくて、にこにこして過ごした。

昔の私だったら、おいなりさんがないことを悲しみ、

過去を懐かしみ、

ついにこの日が来てしまったって、嘆いただろう。

でも今の私は違うのだった。

こうやって、おばあちゃんが永久に生きるっていうことをあきらめていく道を、じょじょに、ちょっとずつ、見せてくれてることにすごく感謝しただけだった。

こうして、少しずつだったら、自然にあきらめることができる。

おばあちゃんちでいただいてきたいろんなもの。

やっぱりそれは食べたいからではなかった。

お腹が減ってるからではなかった。

おいなりさん目当てじゃなかった。

会いたかったのだ。

おばあちゃんのおいなりさんは、食べ物というより、かけてくれた時間とか、エネルギーとか、そういうものをいただいていたのだった。

それがだんだん実体をなくしていく。

なにをしてくれるからではなくて、気持ちだけがそこに残っていく。

木から石から、像を削り出していくみたいに、だんだんだいじなものだけがそこに浮かび上がってくる。

そんな時間をゆっくりくれて、
ゆっくりと順番にあきらめさせてくれて、
ゆっくり見送らせてくれて。
ほんとうにありがたいと思った。
それが私が齢を重ねていちばんよかったことだ。

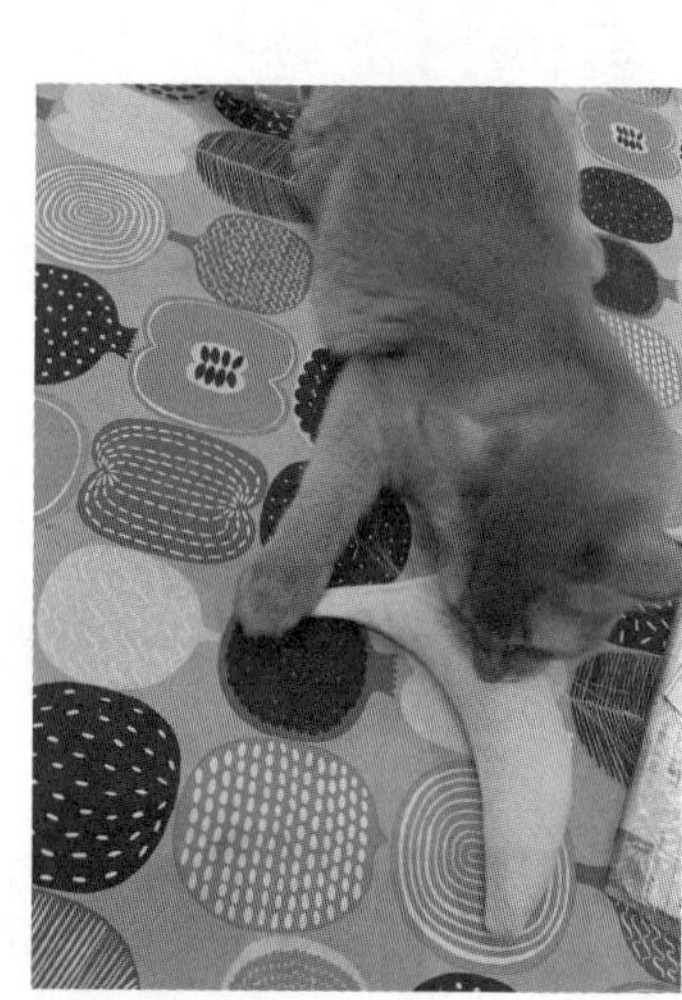
バナナ

◎ふしばな

そりゃあそのはずだ

プリミ恥部さんと対談[*21]をして「初期設定」について話し合ったこの本。

しみじみと自分の初期設定は「Qちゃん」

なんだと思い知ったのもこのときだった。

背中にQちゃんの刺青まで入れているというのに、なぜ気づかなかったんだろう。「灯台下暗し」とか、「青い鳥は近くにいた」系の話だな。

高校の時のあだ名がドロンパだったからこそ、わかりにくくなってしまったのだろうか!?

確かに、Qちゃんのように生きたいと思ったのはうんと小さいときだった。

まわりの大人たちはたいへんそう。自分は役立たなくても、大食いでも、のんきでもい い、なんとなく和み、変わらない存在でいたいと強く思ったんだろう。

そりゃ、痩せないはずだし、たとえ痩せてもウェストがいつもないのはそのせいか、と納得した。

違うのは犬が嫌いっていうことくらいだ。

おやつを食べて寝てばかりいる自分をいくら責めてもしかたないはずだ。

なんですぐだるくなって寝ちゃうんだろう、糖尿の遺伝子か（それもあるけど）？ と思ったものだったが、もっと根本的に自分が望んでいたことだったとは！

あの年代だったら、ターザンとかブルース・リーとか、峰不二子とかボンドガールとか……に設定しなかったのがもうすでに運命っていうか。

設定はいつでも変えられるとプリミさんは言っていたが、私はまあ、Qちゃんでいい。よりいっそうQちゃんのまま生きていたいなと思う。

毎日をわりと近所でいっしょうけんめい遊

びながら、ちょっと人の悩みを聞いてあげたりして、けっこう清潔に服をよく洗濯して笑。

　おっちょこちょいで、ものぐさで、口ばっかりで。

　でもみんなQちゃんが大好きで、居候でもいてほしいほどだなんて、なんてすてきなんだろう。

追記　なんたること！

　前項で、「よく洗濯して」と書いてから、なにかが気になって、当該箇所を読み返してみたら、なんということでしょう！　Qちゃんのあの服は「バケトロン」という妙にリアリティのある名前の布でできていて、洗わなくても自然に汚れが落ちるそうです。でも人間の洗濯の仕方が珍しいから洗濯してみたっていうエピソードだった。Qちゃんすご〜い笑！

秋のかざり、宿にて

奈良美智くんの美術館の庭

旅のドキドキ、旅の日常

◎今日のひとこと

稲垣えみ子さんにばったりとバーで出会い、本を送りますとおっしゃっていたので楽しみに待っていたら、彼女のリヨンひとり暮らし14日間の本[*22]が送られてきました。リヨンで買った大切なはがきを添えてくださって。

その本は宝物みたいな本でした。


まだちょっと小さかった十一歳の息子と、私は一度だけふたりでパリに行ったのです。

その時期パリにいたイタリアの友だちと、いっしょにサクレクール寺院に行ったり、高級な串揚げを食べたりしたのもすごく楽しか

犬足うつりこみ、えみ子さんからのハガキ

った。

毎日べったりでもなく、淋しいでもなく、ちょうどいい会い方でした。

たまたま連絡がついた元秘書のお姉ちゃんのおうちに遊びに行って子どもたちと過ごしたり、やりとりだけしていた友だちの友だちと会ってラデュレに行ったり、通りすがりの小さな服屋をすごく気にいって何枚も服を買ったら店の人と仲良くなったり、奇跡のメダイ教会に朝歩いて行ったら帰りにスリにつけられたり、そば屋に行ったらドヌーヴがいたり、一生忘れられない旅でした。

なんとか乗り換えを見て、ふたりだけでエッフェル塔に登ってみたり、けんかしたり、毎日ジェラートを食べたり。

あのときの、異様な楽しさを思い出しました。

旅って、暮らすことなんだ。

私の旅は最近出張ばかりで、よくわからない衣装と靴をつめこんでスピーチ原稿と共に最後まで戦うような毎日で、ホテルとイベント会場とレストランを行ったり来たりするだけで、イベントを終えたらヨレヨレになって仕事先の人が取ったホテルのバーでぐいぐい飲んで寝る、みたいな旅が多いけれど、そういうのではなくて、あんな旅をまたしてみたいなあと思います。

そして、前にも書いたけれど、私が「我ながらパリにぴったり、超おしゃれだわあ」と思っていた、グレーの光沢があるコットンセーターと、カーキ色のロングスカートと、紫のバックパックの組み合わせが、スリの女性たちのユニフォームとほぼ同じだったことも、一生忘れない！

パリにて。手切りの生ハムと

◎どくだみちゃん
小さい男の子

きっとこんなふうにひとつベッドに寝るようなふたりきりの旅って、最後なんだろうなと思った。

もしかしたら将来あるかもしれないが、もうひとつベッドではないし少年でもないだろうから。

水がぽたりぽたりと落ちるように、ママがいちばんの時期が終わっていくのが、手に取るようにわかった。

小さい男の子がいつもいっしょにいる時間は、

もう終わりなんだろうなと。

けんかもしたし、スリにもつけられたし、

力を合わせて場所を探したりもした。

だんだんふたりの生活のスタイルが決まってきた。

朝はゆっくり起きて、風邪ひきさんの彼の胃のために近所のそば屋でそば。

天気が良く暖かければ、マルシェでパンかハムとかちょっと買ってベンチで食べる。そして同じおいしいジェラート屋に行く。

教会に行ったり、友だちの家に行ったり、待ち合わせてモスクの中のカフェに行ったり、買い物をしたり、もちろんルーブルに行ったり。

それからお決まりの席のできたカフェに行って、テラス席に座り、私はワインかスペインのビール、子どもはジュースかペリエで生ハム。

夜は友だちとごはん、あるいはふたりでその辺の安いアジア料理へ。

パト・ド・フリュイが好きな息子は、あちこちのお店でちょっとずつそのお菓子を買って、ちょびちょび食べ比べていた。

私もいろんなお店でスパイシーなチョコレートを買っては、幸せに食べ比べた。

知り合いにそれらのあるおいしいお店を聞いて、地図を見ながら探し歩いたり。

いつも行く角の本屋では、私のスイスの出版社の社長が作ったノートが色違いでいっぱい売っていて、それをおみやげにといろんな色をこつこつ買ったり。

だんだんカフェでのオーダーにも慣れてきて、手切りの生ハムと機械切りの生ハムを食べ比べてみたり。

移動しているのはパリのほんの一角。

いちばん遠くに行ったのはエッフェル塔とモスクのカフェくらい。

あとはだいたいサンジェルマン・デ・プレから歩ける範囲ばっかりで。

そこには小さい暮らしがあった。

行きつけになった服屋さんで、何着か服を選んでいるときに、

信じられないくらいかっこいいマダムを見た。

グレーの髪を長く伸ばして、その服屋さんの特徴であるゆったりしたシルエットの服をきれいに組み合わせて着こなし、がりがりの体をふわっと包んで。

細い顔に大きなサングラスをかけていた。

こんなにも心が動く人を、東京で見ることがあるだろうか？　と私は、いわゆる「パリのマダム」の自分に合ったおしゃれの極まり方に衝撃を受けていた。

毎日小さな発見をして、ドキドキして、用心もして、ほっとして部屋に戻り、メモを書いたり、メールを見たり。

夜は更けていき、窓の下には抱き合うカップルなどが見えて、まさにパリという感じだなあとおのぼりさんらしく私は思った。

タクシーを呼ぶのも、メトロに乗るのも、待ち合わせをするのも、ひとつひとつが新鮮だった。

ほとんどお金をかけていないのに、毎日が豊かすぎるくらい豊かで、空気の中に栄養が入っているのではないかというくらいに、心

がよみがえっていった。

あんな暮らしを、もし東京でも、気分だけでもできたらいいいと思う。

エッフェル塔の上で

◎ふしばな
おいしすぎる話

せまいせまいホテルの部屋、小さい小さいダブルベッド。

これでこんな値段なんてパリっておそろしい、と私は思っていたが、とりあえず場所があまりにもサンジェルマン・デ・プレに近かったのでそのホテルを取った。

狭すぎるくらい狭いけど、なんだか快適だった。こたつに入ってる感じに似ていた。全ての行動を基本ベッドの上でするしかない。スーツケースを広げるスペースさえない。

窓の外にはサンジェルマン・デ・プレの一本裏の通りがいつも見えていた。

子どもは風邪を引いていたので彼になるべく近づきたくなかったのだが、狭すぎるから気合いでうつらないようにしていた。でもその日一日と回復していく感じも、暮らし旅っぽくてよかった。

ぎゅうぎゅうのベッドの上で、彼はいつもどおりiPadを持って、Twitterを見てげらげら笑っていた。

彼はネット依存を超えて、もはやネット人間である。

さて、みなさんはムッシュ・ピエールを知っていますか？

パリっぽい感じでマジックをする人で、決め台詞は「トレビア〜ン」である。

「ママ、すげ〜！　今、ムッシュ・ピエールに『パリに来ています』って書いたら、リプライがあった！」

と息子は言った。

確かにこれほどの大ネタがあるだろうか。

「やった〜！　パリに来てほんとによかった！」

息子は言った。

そこかよ、飛行機代とホテル代返せよ〜と私は思った。

ルーブル

いい人すぎて

◎今日のひとこと

母方の親戚の話です。

私のいとこの娘さんは絵を描いていて、かけねなくうまいんだけれど、動物が好きすぎて人物の絵に全く愛が感じられないのです。まさに動物専門。

育った家庭もたいへん複雑で、それよりは大好きなおじいちゃん（もう亡くなりましたが、すばらしい画家でした）とおばあちゃんを看取りたいとふたりの養女になった優しい姪っ子。

才能がいくらあっても、世界に対して心が開いていていないと、プロになるのはむつかしい

いとこ同士、ゲーム

のです。動物が得意ですという仕事はあっても、動物だけ描きますという仕事はなかなかない。

仕事って人間関係が重要ですからね。その上、毎日のように初めての人に会うのが、フリーランスというものなのです。もちろん才能がものすごくあって、あまり打ち合わせや飲み会などに参加しないタイプの人でも根強いファンを引きつけている人もたくさんいますから、いちがいには言えません。ただ、最初のとっかかりはやはり「人」が「人」の才能に惚れるところからなのですよね。

先日親戚の集まりで、そのいとこの娘さんがまたものすごくいい絵本を描いたのを見せてくれて、ほんとうにうまいね、と言っていたら、年上のいとこたちも見せてもらって「いいねえ、いいねえ」とほめていました。

ひとりのいとこはたいへん裕福な家の育ちで、賢くて、七十歳くらいなのですがまだ仕事をばりばりやっています。

彼は腕組みをして「う〜ん、これはなんとかしてやらなくちゃいけないなあ、なあ！」と、隣にいたもうひとりのいとこに言い、ふたりはしみじみとうなずきあい、私に「まほちゃん（私の本名）、なんとか本にしたりできないのか？」と言いました。

私は出版関係ではありますが、出版社そのものではないし、彼女の心が本当に多くの人に開かれていなかったら、だれかに紹介しても傷つくだけだし、そもそも文芸の人しか知らないよ、と正直に言いました。

そう、よく私に作品を送ってきてくれる人がいるんだけれど、私は出版社ではなくて、むしろ出版社に借りを作ってはいけない立場だから（前借りはよくしますがね）、何もしてあげられないんですよね。イラストなどもチームで決めることなので、私が新人イラストレーターを大抜擢したりはしないんですよ。いとこたちは賢いからすぐに納得して「そうか、そうだよなあ」と腕組みをしたままうなずきました。

「でもなんとかしなくちゃなあ」

その真剣な顔、心からの言葉。

私は感心してしまいました。

今どきこんな人がいるなんて。私はいつも「小説にいい人ばっかり出てくる」と言われるのですが、そんな私でさえびっくりするほど。そしてこの人をもし小説に書いたら「こんないい人は現実にはいない」と言われてしまいそうな気がしました。

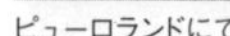

ピューロランドにて

　こういう人って、いるんだよなあ。いてもいいんだなあ。

　育ちがいいからとか、苦労を知らないからとか、そんなこと言わせない。

　人生というとても短い旅の中で、後半戦の七十にもなってこんなふうでいられたら、それこそが勝利。

　きっといちばんいいことなんだ。

　そう悟りました。

◎どくだみちゃん

ふるさとの時間

　あまりにも空気が濃くて、みんな小さく見えて、発狂しそうだった。

　なぜふるさとに流れる時間は、濃縮されているように思えるのだろう。

　この道を、子どもの頃父と毎日一緒に歩いた。

　この道の奥に、母の親友のあっこおばちゃんが住んでいた小さなアパートがあった。

　小さかった私。壮年期を元気に、永遠に元気でいるかのような気持ちで生きていた人たち。

　みんなで待ち合わせてごはんを食べて、父は絶対にあっこおばちゃんにさいふを出させなくて。あっこおばちゃんはそれに決して（生涯そうだった）乗っかることはなく。

　ジャコビニ流星群を見に、夜中に神社に行き、父におんぶされて帰った道。

　なぜ道幅さえも変わらないのだ、いっそ面影もないほどに変わっていてくれたら苦しくないのに。

父がいちばん愛した店のおじさんとおばさんは、ほんの少し背中が丸くなって、しわが増えていたけれどほとんど変わらなかった。

同じカウンター。

あの日、父がひとりで座っておじさんとしゃべりながらみんなを待っていたのと同じ席がそのままそこにあった。

「ひとりカウンターにいる姿、笠智衆かと思った！」とみんなにからかわれていた父。

私は、自分が下町から出ることになるなんて、全く思っていなかった。

このあたりで一生生きていくんだと素直に思っていた。

知っているおじさんやおばさんがおじいさんやおばあさんになって、代が替わっていくのをずっと見てるんだって思っていた。それが当たり前だと。中学から高校に進むのと同じくらいに。

でもそれはいろいろなことが重なったことで、叶わなかった。

今ならわかるのだ。子どもが離れていく年齢になったからこそ。

小さい私が毎日の買いものに喜んでつきあってくれることを、父がどんなに嬉しく愛おしく貴重に思っていたか。

それがお菓子やちょっとした文房具を買ってもらえるからであっても、全くかまわなかっただろう。いくらでも買ってやると思っていただろう。

私が下町を離れたことが、家族にとってどんなにショックだったか、今ならわかるのだ。

でも離れたからこそ、私の下町はそんなふうに永遠に保存されている。

甘く、美しく。あの日のままで。

本の匂い、お総菜の匂い、お茶を煎る匂い。歩いているだけで友だちに会う。友だちのお母さんに会う。友だちのお父さんの店で買いものをする。そんな毎日。

私の人生を見つけるために、離れたからこそ、いいままなのだ。


全ての家は支え合うように建っていて、車が入れないほど細い道ばっかりでできていて、なぜか家の前に大量の植木鉢を置くのがデフォルトの、私のふるさとよ。

もう戻れない、手ぶらで、チャリンコのかごに財布だけ入れて、かなり遠くまでゆける、困ったことがあればそのへんの知り合いの家

なつかしい谷中のとんかつ屋さん「蟻や」のご夫婦

天然記念物みたいなそういう人たちこそが、昭和のいいところであるなにかを後の世代に伝えていくんだなと心から思ったからだ。

いい人はいい人のまま保存される、そんな世の中であってほしい。

小さい輪でも、波紋はしっかり広がっていくわけだから。

おまけ

これは父方の親戚の話だが、いとことその息子が、新宿駅をいっしょに利用するとき、いつも行くお寿司屋さんがあって、規定のお金を払って残しさえしなければ、食べ放題だそうなのだ。オーダーは六貫単位で、同じものを六貫でもいいいと。

「ふたりで百貫くらい食べたんだけど、最後に頼もうって言って、まぐろとえんがわを三貫ずつ頼んだんだけど、横を見たらこの子がなんかうつろになってて、もう食べられないかもっていうから、なんだかかわいそうになっちゃって。炭水化物は控えているんだけど(聞いてると全く控えてる気がしないんだが)、よし、がんばろうと思って、最後まで食べたのよ〜」

この話のいいところは「かわいそうになっちゃって」というところなんだけれど、もちろん、さっぱりかわいそうじゃない気がする笑!

ほんとうの愛はそのままのその人を見守るだとか、自分を愛していたら体に負担をかけないべきとか、「情はよくない」的な話ばっかりの昨今、目の前の人が泣いていたら「かわいそう」、疲れてたら「がんばって」、しょげてたら「元気出して」、そんなふうな単純な世界のことを私たち忘れてはいませんか？　意外にかえって平和かもしれないよと素直に思った。

おまけもうひとつ

これはとっても小さな声でしか言えない話。うちの子どもが行っていた学校も財団法人で（設立した瞬間に立ちあった）、かなり欲もなくしっかり機能していたからだ。だから、もちろんいい場合もあるというのが大前提。

そしてなにかを批判する気は毛頭ない。ただ、私の経験上、たいていのＮＰＯ法人、財団法人などは、トップの人たちの収入の安定のために設立されているとしか思えないようなケースがあまりにも多すぎる。

猫のためのＮＰＯ法人、猫を譲渡会でしか渡せない、それはよくわかる。しかしたとえば譲渡会に行き、名簿に名前を書き、説明を聞いてその一時間後に申し込みに行くと「もう終了の時間が近いから、次回の一ヶ月後の譲渡会に来てください」と言われる。そこまで行くと、なにかしら首をかしげたいような雰囲気になってくる。もらうはずだった人が実は猫を飼えない家に住んでいた。だから譲れなくなった。じゃあ二番目の候補の人に連絡してあげたら？　と思う。でもそれはできないという。不思議極まりない。

また、飼育に適しているかどうか、家を見にくるという。家の契約書の写しを持ってこいという。猫はともかく人権とか個人情報の扱いのほうはどうなってるのだろう？

良いことをしているとされる財団法人のパーティに行く、寄付金を払っている人たちなどが大勢そこにいる。政治家がスピーチをする。すごくいい話だ。でもなぜだかいい空気が流れていない。そういうことが多い（いいときももちろんあるからややこしい）。

そしてそこにたいていいる謎のオヤジたち。絶対動物好きじゃなかったり、人を救うことに全く興味がなさそう。なにかとボランティアや寄付を勧めてくる。あなたたちはいったいなんのためにそこに？

「お金のためじゃない？」と勘ぐりたくなる、そういう団体がいかに多いか。

でもたとえば動物のほうに関しては、「ここにくれば犬をただでもらえるんですよね？」と聞いている人とか、もらった猫を次々殺す趣味の人がいるとかいう話を聞くと、暗澹とした気持ちになり、厳しい規則ができてもしかたないなあと思う。

そういうこの世の闇を最も見やすい、へたすると風俗の面接以上に見やすいかもしれないそんな場所が、なんで「公益」の近くに生じやすいのか、人間ってほんとうに変な生きものだなとしみじみ思う。

あるところに才能がある人がいるとする(私のことではありません、なぜなら私はセルフマネージメントをしていて有限会社を持っている経営側だから)。

それを助けますよとか手伝いますよと言って、無償ではなく収入を分かちあうことになったとき、よほどお互いの間に信頼や決まりごとがないと、たいていが甘い汁を吸おうとする人の集まりになっていく。

しかも自分ではできないことをできる人を手伝う形になるので、近くにいられる誇りとともに、妬みももともと持っている。もめないはずがないし、才能が保たれるはずがない。

才能があるその人はイエスマンに囲まれてスポイルされていき、崩壊直前に大きな揉めごとともに初めてその状況に気づく。そんなことに関わっていて、才能が発揮できる気がしない。

人間って、ほんとうに罪深い生きものだなと思う。

その逆もある。

「真に才能がある人たちを集めよう」そうすればその目的がまわりから見えにくくなるし、その人たちに囲まれていれば意図がバレないという考え。

すばらしい人たちをスカウトしてきて、鵜飼の鵜のように獲物を取って来てもらえば、それを自分のものにできる。

そんなふうに、ありとあらゆるシンプルでないことを考えつく、人間ってほんとうにすごい。

そういうものを見すぎて船酔いのように酔ったときは、「ナニワ金融道」をまとめ読みして、人間の業に関して頭をはっきりさせるとよいでしょう！

そしてそんな業にもし関係ない生活をしていたら、幸いと思ってだいじにしよう。

ピューロランドの灯

日常の魔術

◎今日のひとこと

　私の家の私の部屋の窓の目の前の家の人が、「夫婦揃って、干すのが至上主義」の人たちで、朝、晴れていたら、ふたりでとにかくなにもかもを干しているのです。

　いちばん日当たりのいい小さいベランダにいっぱいに、枕、シーツ、タオル、タオルケット、服、ありとあらゆるものを。

　晴れていたらふとんは毎日干していますね。

　そして時間差で、ふとん↓シーツなどの大物↓バスタオルとタオル↓ふつうの洗濯物とじょじょに夫婦でコンビを組んで取り込んでいく。

近所のいつも捨て方がダイナミックすぎるマンションの前

私はその「干しショー」と「取り込みショー」を淡々と眺めながら、こうして仕事をしているのですが 笑、この人たちの生活の中心に干すことがあるのって、いいなって思うのです。

昔住んでいた千駄木の家の前に、けっこうなボロアパートがあり、近所の仲良しの工務店一家が経営していてメンテナンスができちゃうものだから、逆にいつまでもボロいまま建て替えないという建物がありました。

そこの一階からはいつもそこに住む完全に無職でひとりぐらしの、おばあさんになりそうな年齢のおばさんが顔を出していて、道ゆく人をただ見てるという、安心できるのかできないのか、わからない状況だったのです。

奥の家のおばあちゃんがそのおばさんをいつもしっかり構ってあげて、「あんたがそこで見ててくれるからほんとにこの路地は安心」って言ってあげていたので、おばさんは役割をもらって、決して淋しくなることがなかったんだと思います。

そのアパートにはちょっとワケあり風のひとりぐらしの人が多くって、二階にいたひとりぐらしの日雇いで生計を立てているであろうおじさんは、いつもタオルをきちっと洗ってきちっと干すのです。他の洗濯物は部屋干ししているみたいでした。

たった一枚のタオルがきちんと窓の外にある様を見ると、その行動が最後の一線と呼べる大切なもので、深く彼の日常を支えているのだろうな、とよく思いました。

あの人たちが干さなくなったら、きっとな

にかが壊れる。

日常ってそういうものなんだ、と思ったのです。

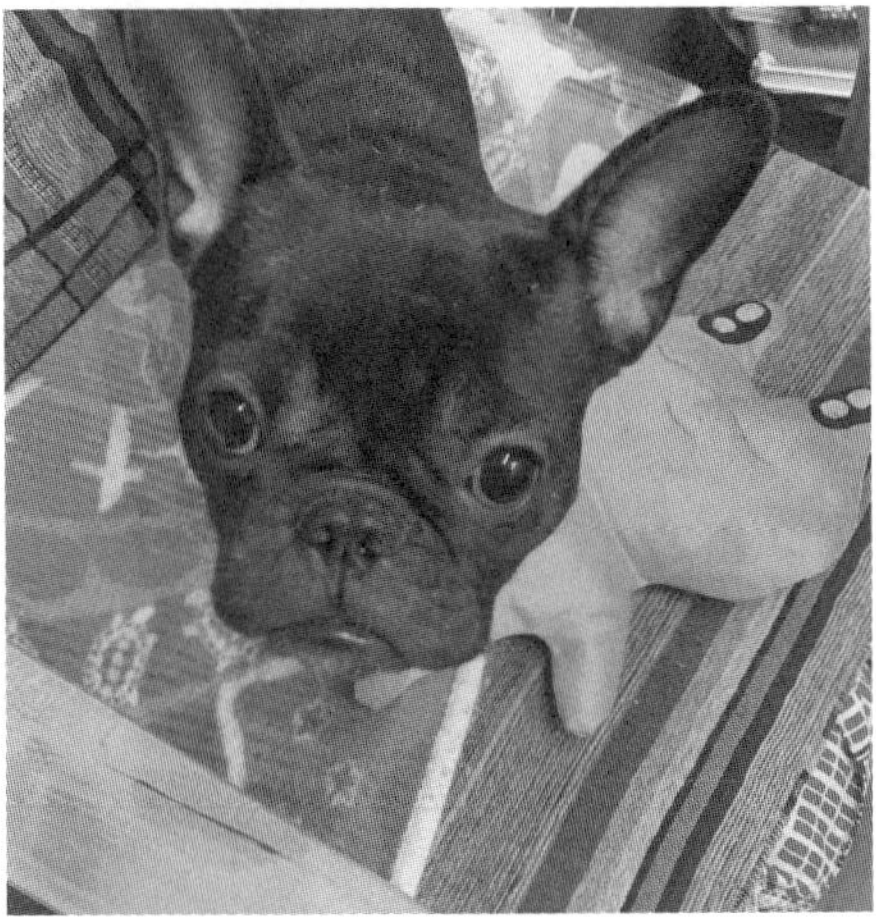

Veeちゃんのカエルと

昔、大病院の婦長さんが言っていました。

「パジャマから洋服になるときって、とても大きな境目なの」

すごくわかる気がします。

体がある限り、人は生活するのです。

その中になにか大きな秘密があるような気がします。

◎どくだみちゃん

自由

時間がなくて、忙しくて、
もう洗濯ものをたたんだりしまったりしてるひまがない。
きちんと干してそれぞれのカゴに放り込むだけっていうのにしてみようと思って、
そうしていた。

そうしたらなんだかどんどん時間がなくなってきた。

楽になるはずなのに、ならない。

床を自分で拭くのから、ロボットにした。
そのときはそんなに変わらなかったのに。
それは臨機応変に汚れているところを自分で再度拭いたりもしていたからなのか、
床を拭くという行為そのものの問題なのか、私にはわからない。

でもなにか、その洗濯もの問題においては、淋しいような、荒れたような、そんな感じがしたのだ。

服の重要性を思い知って、ぞっとした。


どんな衣類であれ、服を着るということは、人類にとってすごいことなのだ、きっと。

なので、ちゃんとたたむようにした。

時間をとって、てきとうではあっても、さくさくと。

そうしたら、心構えまで違ってきた。

服を着るときにちょっと気持ちがしっかりする。

気合が入る。

Tシャツなどの捨てどきもはっきりわかる。

時間まで余裕が出てきた。意味がわからない。

先人が「たたまないと縁起が悪い、たたんでない服は死人が着るものだから」

と言っていたのは、躾(しつけ)という側面だけではなくって、こういうことだったのかと思う。

そう思うと、この世は魔術でできている、そんな気がした。

そんな小さな魔術を重ねて、人は人生の荒波を乗り越えてきたのかもしれない。

髙橋恭司さんの小さな花びん

◎ふしばな　脳が置き換える、擬人化2

別にメルヘンを語っているのではない。単に私の直感が、夢で映像化されると人間になっちゃうというだけなのである。

ミニレヨネックスがふたりのへなちょこなドイツ人として夢に出てきたことは前に書いた。その後、ふたつの宝石として夢に見た人、ふたりの白バイ警官、ダブルレインボウとして夢に出てきた人など、よくわからないがたったひとつの共通項としては「2」である。

私はミニレヨネックスがどういう構造なのか、理論なのかしっかりとは把握していないけれど、だいじなパーツがふたつであれば、擬人化はばっちり合ってると思う。

擬人化を直感で言うと、あの中にはふたつ

の違う種類の何かが入っていて、夢に出るときに自分の想像力に収まるものとして変換されるのだろうと思う。

人にはそういう能力があると思う。

このあいだCS60[*23]を受けて悶絶していたときに、ふっと寝落ちしてしまい、不思議な夢を見た。

部屋の隅に、奇妙な銀色のロボットみたいなものが座っている。実にぶかっこうででっかくて二メートルくらいあって、落書きで描いたウルトラマンみたいな質感で、鼻が真ん中に冗談みたいに一本の線でついていて、目は楕円のつり目がくっついてるだけ。口はない。手はミトン型。それで、それが立ち上がってこちらに来るのである。恐怖で固まっていたら、きっと私のことなんか握りつぶせるくらいの力があるだろうに、その宇宙人みたいなロボットみたいなものは、ゆっくりと手を伸ばしてきて、私の手をそっと取った。ああ、いい奴なんだ、治してくれるんだと思ったところで目が覚めた。

そうか〜、と私は思った。

中華街のお正月飾り

全部夢物語（ほんとに夢なだけに）と思ってもらってかまわないが、人間にはそのくらいの置き換え&判断力がある、そう思っている。

老いるということ

◎今日のひとこと

今思うと、うちの親がいちばん幸せそうだったのって、七十代くらいだったんじゃないかなあと感じるんです。

そのときにまだ孫が小さかったのはちょっと残念だったけれど、海に行ったり、温泉に行ったり、上野あたりに飲みに行ったり、己の人生の楽しみが定まってきてからの規模の動きなので、すごく楽しそうでした。まだローンも払い終わってなかったりしたのに！

たぶんその頃私に貯金があったので、老後は大丈夫という安心感があったのかもしれません（おかげで全部しっかり使われました

モンゴル餃子、ラム入り

が！　悔いなしです）。そう思うと、親孝行できてよかったなあと思います。

あと、姉が骨折したとき、家が介護用に改装してあったことがほんとうに役立ったので、その点でも姉孝行できてよかったなあと思っています。

七十代まで比較的アクティブで、あとはじょじょにすご〜く時間をかけて（かけられたらいいなあ）お片づけをしていくというのが今の私のすてきな目標なのですが、ほんとうにびっくりすることがたまにあるのです。

四十代のときにはまだぎりぎり着ることができたがっつりノースリーブや短パンが、ほんとうに似合わない年取った膝こぞうや二の腕になってきました。そしてデコルテやほっぺたが下がってくるのです。ほんとうに自然に、自然に。

理屈ではわかっているのですが、毎回「あれ？」と思います。

ちょうど自分より背がでっかい男の子がうちにいることに毎回びっくりするのと同じ感覚です。

先日、全てのがっつりノースリーブを捨てて、ため息をつきながらも、思いました。いや、最後のチャンスがある。次にノースリーブと短パンと花柄ドレスを着ることができるのは……八十代だ！

そこまでがんばったら、シックなばあさんになるか、派手なばあさんになるか、そのときの自分を楽しみにしていようと思います。

いつも行く「茶春」[*24]には九十代のおじいち

足に乗る

ゃんがいて、毎日家から駅まで歩いて、電車に乗って、田園調布の駅からお店まで歩いてきます。そしてまた同じ道を帰って行きます。たまにコーヒーを淹れてくれます。

なんでもないときでも「今日もあの百歳近いおじいちゃんは、歩いて通っているんだ」と思うと、心がきゅっと引き締まります。

そう思ってこのあいだも大きな声でご挨拶をしたら、「あんたのこのあいだの朝日新聞の写真、よくなかったね。ほんもののほうがいいよ」と言ってもらえました　笑。

◎どくだみちゃん

あの日の言葉たち

「きっと溺れたんだわ、覚悟しなくちゃいけない」

父が海から戻ってこなかったとき、母はすっくと立ち上がって海を見ていた。

「海が大好きだったから、もしものことがあっても、しかたないかもしれない」

私は前の日、真っ白いドレスを着て、宿の廊下で父をなぜか抱きしめていた。

私もまたなにかをわかっていたのかもしれない。

「お父さんは大丈夫、あちら側には行ってない」

電話をかけたらきっぱりとそう言った、サイキックの友だちももういない。

「今その人はアメリカにいて、一九九九年か二〇〇〇年に会って、すぐ気が合って結婚するんじゃないかなあ、名前は……タ……シ？　みたいな感じ」

そんなことを言ってくれたロンも数年前にこの世を去った。

サイキックのロンと、サイキックの友だちと一緒にカラオケに行ったことがある。今思うとすごい組み合わせだ。笑っちゃう。

ロンははじめ彼女をまっすぐに見なかったので、焦っていたら、急にふりむいて彼女をじっと見つめて言った。

「君は僕と同じ力を持っている人、視える人だよね？　すぐにわかったよ。感じすぎないように背中を向けてたんだ。わかりあっちゃうもんね」

「かこちゃん（うちの母のあだ名）の形見のカーディガンを、なるべく着ないようにしてるの。かこちゃんが薄れていっちゃう気がして」

もう数ヶ月も生きることはできないのに、母の匂いをそっとだいじにしていた母の親友。

稲熊さんの車の助手席に乗るのが大好きだった。

夕暮れの奈良の景色、闇に薄れていく三輪

山。少し眠い頭でうとうとしながら稲熊さんの声を聞いていた。

車には釣りの道具が載っていて、餌の匂いがほのかにしていた。

ミラーについている鈴が揺れるたびにちりちりと鳴った。

嬉しいことに稲熊さんは生きてるけれど、倒れたことにより、もう運転ができないかもしれないと聞いた。

何回もくりかえしたあたりまえの時間に、そんなふうに必ず終わりは来る。

美しいとしか言いようがない二度と戻らない瞬間、みんなが実はまだ若くて。

今という時間に参加できなくなってくることが、歳をとるということなのかもしれない。

だんだん焦点がずれてきて、心は過去や未来をさまよい、それはそれで自然がくれるだいじな計らいなのかもしれない。

でも今を今と感じられるうちに、切なさを

渋谷の月

キリキリ感じていようと思う。

◎ふしばな
デブとやせ

昔すごく太っていた人が急に痩せると、たるみももちろん出るけれど、なにより歩き方がおかしくなる。

痩せているのに、なぜかおすもうさんみたいに体を左右に揺らして歩くというケースを街でよく見かけるのだ。

逆に、私は昔すごく痩せていたので今の小デブの感覚にいまだに慣れない。

慣れないのに太っているから姿勢が悪くなりがちだ。

それから痩せていないと決して似合わない服を買いがちだ。

いつも試着室ではっと気づく。あ、今もう私は痩せてないんだった。

それはそんなに悪いことではなく、デブに似合うマダムファッションという枠を新たに見出すだけだ。生きているし今は今だから。

五十代のダイエットの問題点は、たいていの人が「痩せたからって別に若くなるわけではない」ということを忘れていることだと思う。

今現在の自分を好きになれば、今の自分に合うものが見つかるんだけれど、なかなかそうはいかないのが人情というものなのだろう。

午後のスポーツクラブは、たいてい完全にお年寄りの社交場みたいになっているのだが、どう考えてもひとかけらも運動していない人をよく見かける。

　ロッカーからジャグジーとミストサウナに直行という人たち。

　若い人たちをじっと見つめるその目は、完全に何かを吸い取っていると思う。


　昔、近所のオカマバーで、六十歳くらいの工藤静香風のお姉さんが、「ベッドの前に鏡があるんだけど、朝起きてトレーナーにトレパンの自分を見ると、単なるおっさんで全くやる気がなくなるのよ。だからこの間セクシーなネグリジェを買ったら、そうとう気分が違うのよ。それってすごくだいじなことね」と言っていた。わかるわかる。


　高校生の子どもと一緒に、夜中の二時にマックのポテト（深夜に買ってきた）など食べていると、自分が何歳なのかすぐわからなくなる。

　そうか、あの日、泊めてもらっていたピロココのおうちで、かなり夜遅くにみんなで餃子を食べたときなんかに、あの家のお父さんとお母さんはきっと、この気持ちを味わっていたんだなと思う。

　勝手におじゃましまして、夜中まで起きていて迷惑をかけたなあと反省ばかりしていたけれど、そうじゃなくって、楽しい、若々しい時間をあげていたんだなと思うと、嬉しくなる。

　ピロココのお母さんが、近所のおばさんと一緒にお風呂に入っている楽しそうな声を聞きながら、私も楽しかったけれど、あの人たちも、ただしんどいのではなくて青春を感じてくれていたんだなと思う。

ちょっかい

粋ロス

◎今日のひとこと

何かが日常に足りない、何かに飢えている。そう思ったのは、今年に入って数ヶ月たってからです。

明らかになにかがチャージできていないのです。

そうだ、欠けているのは音楽だ。そして成孔さんの面白い話だ。

そう思ったのです。

まるで血が足りないみたいに、酸素が薄いみたいに、心が飢えている。

ダリア

これは、わからない人にとってはたとえ話として読んでいただけたらありがたいのですが、二年前くらいからアーカイブも含めてずっと生きがいみたいに聞いていた菊地成孔さんの「粋な夜電波」[*25]という番組が、終わってしまったのです。

朝の四時にみんなが秘密クラブのようにひっそりと、あるいは待ち遠しい気持ちでその週に時間を作ってラジコで聞いていたその番組。

確かにたくさんの数の人が聴いている時間帯ではなかったかもしれません。

自由すぎる成孔さんには、予算とか、内容とか、なにかしら逸脱したものがあったのかもしれません。

打ち切りの理由は、純粋に聴取率の問題だと成孔さんはおっしゃっていましたが、それで失ったものの大きさを、救っていた人の心の多さを、局のトップは知っているのだろうかと心から思います。

抗議するとか、復活させてほしいとか、そういう野暮な話では全くなく、この悲しみをわかってくれ系の話でもなく、ああ、ずいぶん前から、数字に文化が全く完全に負けてしまう日本になっていたけれど、今はもっともっとそうなのだな。

……ということはもっと深く潜伏しないとだめなんだな、と私は思った、そういう話です。

あんなにものすごいものが続いていたことも、去年で打ち切られたことも。

これは文化の歴史に残る大問題だよなと。

カニパズル2

今の若者はそのへんはものすごく賢く、全く世間で話題になっていなくても、ネット上で秘密裏に流行っているものをちゃんと心に抱いています。

そしてそのことはずっと秘密のまま、コンテンツの作者が潤ったりもしています。

森博嗣[*26]先生の早すぎた戦略（有名にならずに、固定ファンを獲得する。潜伏しながらもきっちり回す）が、ほんとうに活きる時代になってきたのだなあと思います。

◎どくだみちゃん

あの夏

暑くて暑くてしかたない一日、外はうだるような熱気にまだまだ満ちた夕方。

部屋の中はうそのように涼しくて、窓のそばに寄るともわっと熱い空気が伝わってくる、そんな感じ。

家にいる人間は自分ひとりで。

足元にはまだ生きていた年老いた犬や猫たち。

思い思いに過ごす平和なリビングの世界に、
そのラジオ番組は流れていた。

スパークリングワインをキンキンに冷やして飲みながら、
選び抜かれた最高の音楽を聴きながら、
軽くステップをふんで踊りながら、
ソーセージをボイルして、
サラダの野菜を洗って、
成孔さんの話にげらげら笑い、
その笑い声で眠っていた犬が顔を上げて。

夕方の光はだんだん西に傾き、狂気を秘めたオレンジ色に。
部屋は金に染まる。
その瞬間、最高に幸せだと思った。
最高の人生だ、もうなんだっていいと。

そんな時間をくれるものは、きっと禁止なのだ。
無料で最高の幸せを、選ばれた喜びを持つことは、きっとこれからの時代、
憎まれるのだ。

ハイビスカス

でもきっと人は逃げのびる。
心の自由は死なない。
音楽は生きるための養分。
時間の縛りから逃れられる魔法の領域。
決して音楽を止めないで。
踊ることをあきらめないで。

◎ふしばな

予感

成孔さんが最終回でかけた最後の曲は、映画「カメラを止めるな」の主題歌だった。「もう、『ラジオの人』でいいかな」と思っていた成孔さんは、映画館でこれを聴いていたら急に涙が出たと言っていた。終わりを予感していたんだろうと。

そういうことってある。

前にも書いたが、糸井さんのところのカフェの同窓会の最後になってしまった日、「光を受けた零戦がきれいだったんだ」と言いながら、店長の目から涙がぽろぽろ落ちた。

戦争の話だから、いろいろ思い出してしまったんだと、みんな思ったし、私もそう思おうとした。

でも、なんだかわからないけれど、そのとき店長はまだぴんぴんしていて、楽しそうに集いながらガンガン飲んでいたのに私は思ったのだ。

なんだかわからないけれど、こうして集まることはもうないのかもしれないなと。

打ち消しても打ち消しても、そう思えてならなかった。

店長が死ぬ日の夜、苦しくて苦しくてたまらない夢を見て「死ぬってこんな苦しいんだ」と言いながら目が覚めた。

二時間くらいしたら急に体がどこまでも軽くなって、楽しくなって、体も楽になった。そして死の知らせが来た。

こんなに遠い私にまで、届くくらい大切に思ってくれていたんだと、私は嬉しく思った。迷惑なんて思わなかった。

ピロココのみのるお父さんが死んだ日は正確にはわからないとされている。亡くなっているところをピロココが見つけたときには、数日経過していたから。

でも、きっとあの日だと思うのだ。

だって、その日は近所の居酒屋で楽しく宴会をしていたのに、しかもそれは私の誕生会だったのだが（家族以外になぜか三人もそんなに親しくない人を呼んで、しかも全て自分が支払っていた。そんな会があったこと自体、頭がどうかしていたんだと思う）どうしても楽しくなれなくて、トイレに行くとなぜか鏡の中の自分が涙を流していて、家に帰ったらポストにみのるお父さんの奥さんであるみどりお母さんからハガキが来ていて、そこに描かれていたみのるお父さんの似顔絵だけが、雨もふっていないのににじんでいたから。

父が死んだ時刻、香港のホテルで、部屋中がきゅうにきれいに光り出して、持っていたマカロンやポテトチップスまで急にきれいになって、空気がすうっと澄んで、なにか大きなものに包まれた。

あのときたまたま家族と共に部屋にいたい

っちゃんを、私は一生家族の一部だと思うだろう。

あれが愛なんだ、あれががんばった人生を送った悔いない終わり方の光なんだと体でわかった。父の最大の教えだったかもしれない。

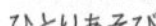

ひとりあそび

チビとジジババ

秘訣いろいろ

願望の実現（潜在意識さんの働き）

◎今日のひとこととおすすめの合体

また一年、この大切なメルマガを続けることができたことへの感謝でいっぱいです。

読者が最後のひとりになっても、本気でやり続けたいなと思っています。

小説と同等に本気でこのメルマガをやっています。これは私のもうひとつのライフワークです。

そして私の得た全てをここでゆっくりとシェアしていきたいと思っています。

サロンでもない、ブログでもない。そしてこれは個人から個人へと届く、縁起物というかお守りのようなもの。

近所の花壇、いつもすてき

出入り自由で、変な規制はない。妬みを変な甘みでコーティングした変な感想も交わしあわない。

心から望んでいた、信頼関係で成り立つ世界がここに小さく確立しようとしています。

ありがたいことです。

ありがとうございます。

タマちゃんが死んで、十七年目とたくさん書いていて、ふと思ったのです。

私がこよなく愛し、影響を受けた地味なそして特別なまんが。岩館真理子先生の描いた『17年目』[*27]。電子化されてほしいですが、今はまだされていなくて、なかなか手に入りにくいかなあ……。

このまんがのなかで、主人公の野里ちゃんが血の繋がっていない兄の浩ちゃんを想っていた年月って、うちのタマちゃんの猫生と同じくらい長いってことなんだ！　って。すごいな！　って思ったんです。そして読み返してみました。

若き日（といっても十四歳くらいだったかな？）の私がなんでこのまんがに、どうにかなっちゃったんじゃないかというくらいの思い入れを持ったのか、今もほんとうのところはわからないのです。

当時、絶望的な片想いをしていたこと。初めは私を見ていたその人が、別の人と交換日記をしたりしていたこと。それが原因か？　と思っていたのですが、どうも違う気がします。

野里ちゃん並みに運動神経が悪かったから？　事実ではあるけれど笑、これも違います。

人が大人になる瞬間の中にだけある、とてもきれいなもの。

その独特に澄んだ感じ。友だちもいい、家族もいい、環境もいい、思い出も美しい、次なる彼氏も登場しそう。なにに不満があるんだ！　という主人公なんだけれど、大切なものと別れようとしている瞬間に、過去というものの美しさがふわっと見えてくる感じがいいんですよね。

生きているかぎり、こんなみずみずしい気持ちで、生きていたいのです。

そして私が「浩ちゃん」（字も同じ）と結婚したことの奥底にこのまんががあるのではないか？　と思うと、引き寄せの厳密さにぞっとしてしまいます。

忘れたようなことでも叶っちゃうなんて。

幼い頃の私は「野里が浩ちゃんを思うみたいにしみじみした恋をしたい」と、「ドロンパと結婚したい」（これはうすうすムリとわかっていたのだが、わかっていてほんとによかったことだよ！）、「それがだめなら『エスパー魔美』の高畑さんのような人と結婚したい」と心から思っていて、結局「田畑浩良」

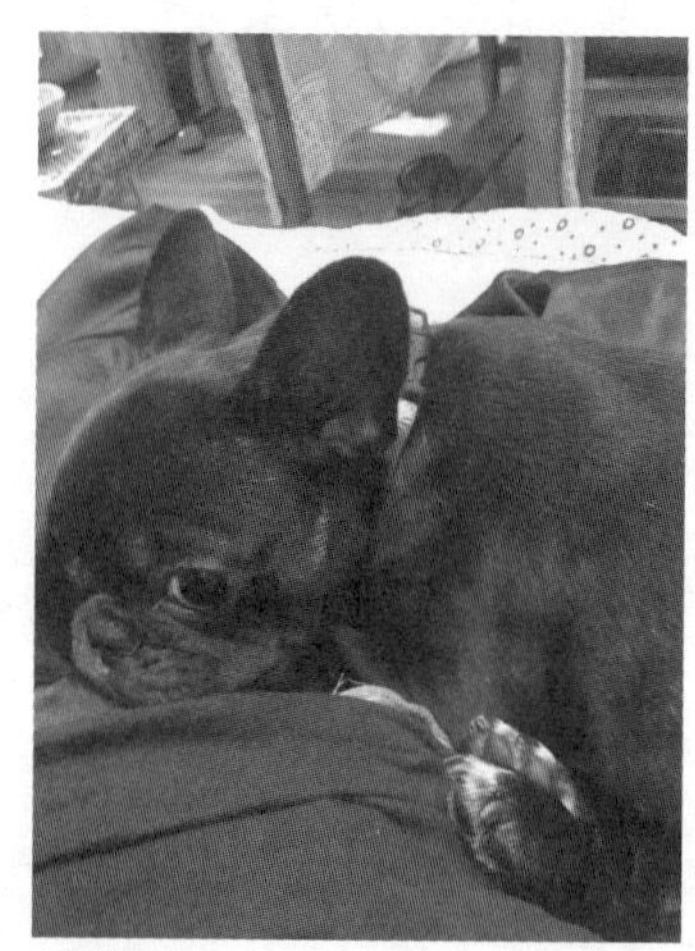
ちらっと

さんと結婚している。
願いってすごい　笑！
お後がよろしいようで……。

◎どくだみちゃん

時代

私が今もしっかりと自分の足で立っていられるのは、
私のことを最後の一瞬まで愛してくれた存在たちが確かにいたからだ。
最後の一瞬、自分のことしか考えられない、いや、もはやなにも考えられない瞬間まで、愛してくれた。
そんな自分は、どんな批判をあびようとも、誤解をされようとも、決して自分を失ってはいけない。

目の前のかけひきや好みや計算やしがらみにまみれて、それを忘れることは自分の命に対する冒瀆なのだ。

それから、家に帰って私がいるとほっとしてくれる、
今生きている人たちや動物たちがいる。
いるだけで、ほっとしてくれるなんて、もうそれだけでいい。
なんの役にも立たなくていい。
むりして自分以上の良い人格や、正しい意見を持つ必要がない。
体がわかっている。
顔を見たらほっとする。
それ以外に人間関係に意味はないとさえ思う。

一年の終わり、
ある大きなくくりのひとつの時代が終わったことをしみじみと思う。

あの頃、赤ちゃんがいなかった私たちに、猫が二匹いたこと。

猫たちはまだぴかぴかの子猫だったこと。

その子猫たちをマンションの三階で飼い始めたこと。

その部屋は結局犬二匹と猫二匹と亀一匹と赤ちゃんがいる、前代未聞のにぎやかでたいへんな部屋になってしまったこと。

もうそんなときはきっと来ない。あんなに大勢をいっぺんに世話できない。

農園で無償で、いやむしろお金を払いながら働いているような日々だった。


当時住んでいたそのマンションの向かいのお寺で、十七歳の猫を火葬した。

もう私たちが住んでいたマンションは取り壊されていた。

押し慣れた古いオートロックの機械、番号を指が覚えていても、もう二度と押せないこと。

大家さんの育てていたみごとな千両もしそも、みんななくなってしまったこと。

その時代全部が、十八歳と十七歳の猫の死で、終わった。

終わったことは、悲しいことではない。

中年期の始めをそこで迎え、じょじょに老年期に入っていく今、それはとても自然なことだし、ここまで生きてくれてありがとうと思った。こんなに長く一緒にいられたなんて、夢みたいだよと。

あっという間に過ぎて、儚く消える、美しい夢みたいだと。

小さい猫を抱っこしてたと思ったらもう、浦島太郎みたいに、気づいたらおばあさんに近づいていたよ。

だれにでもあるはずのそんな区切りを、目に見える形で教えてくれたから、

私は素直に歳を取ることができる。

そんなふうに区切りがあれば、すんなりと諦めることもできる。

そして、ふだんはびくびく気が小さくても、いざとなったら区切りの時期を乗りこえられるキャパシティが、自分には確かにあったということが自信になる。

こんなことをあと数回しているうちに、人生は終わっていくのだ。

大工さんって毎日釘を打ってるなんて特殊な生活よね、とか。

パティシエって毎日生クリームを泡立てているなんて変わってるよね、とか。

そんなふうに人はふつう思わないと思うのだが、

有名人に対してだけはそう思うなんてほんとうに不思議だなあと、半分有名人としてはいつも思う。

人前に出る仕事だからある程度はＴＰＯに合わせるのがマナーだろうと思って身につけているものを、上から下までじろじろ見ておおよその金額を合計してそれをわざわざ口にする人がこれまでに何人かいたが、それってお金には換算できないくらい下品な行為だと思う。

スガハラ フォーの羊煮こみ

なにかの考えにしばられたとたんに、その人の人生の姿はゆがんでしまう。
そして、きっと私にもそんなおかしなくせがたくさんあるのでしょう。
そういうのをどんどん外して、身軽になってからあちらに旅立ちたい。
もう一回会えるのかな、友だちに、親に、犬たちや猫たちに。
まあ別に会えなくってもいいや、特に悔いはないから。そんなふうに生きたい。

◎ふしばな
果物つながり

メロンちゃんはきれいな顔立ちでとてもスタイルがいいんだけれど、気さくな感じなので美人さがあまり目立たない。育ちがいいのだ。

若いときのことを小説に書いて賞を取っていて、その小説の中ではほんとうにモテモテだったのだが、よくわかる。ちょっと鷹揚で押しに弱いのがとってもセクシーで。

昨今のライブハウスの入場はとても厳密だ。お金を払ってチケットを買った人の中でもライブハウスで直接買った人がいちばんに入場、次がネットで買った人、最後が身内や招待客。ほんとうにアーティストと親しい人はアーティストが席を取ってくれたりするので、そこそこ親しい、できればお金を払ってほしいような人は最後に入る。ただ、招待が多いとその頃にはもう席がないこともザラだ。

だから私はいつも自分で買ってしまう。それはそれで、楽屋に行くとき一苦労する。

「立ち見でも見たい人だけ来て」というのは、よくわかる。

私も「友だちのつきあいで仕方なく」みたいな感じでトークショーに来る人を、九州からわざわざ来てくれたのに当日券取れなかった人と代わってあげてほしいな、と思ってしまうことがあるから。

業界の悪しき慣習（開演ギリギリに急に来て、「入れてよ」という関係者や業界人）を知っているだけに、一般の人目線でしっかりと考え直したのはいいことだと思う。

でも、そこに全く融通というものがないのは、どうかなと思うのだ。

息子が出るからと早めに来たご両親やそのお友だちの年配の方たちが、ずっと外で雨の中立っていたりすると、胸が痛む。妊婦さんなども。

そういう人はそもそも来るなというのも理解できる。

でも、実際に目で見てしまったらなんとかしたくなっちゃうよね、というのを生きているのが、とあるライブハウスを仕切っている前述の彼女なのだ。

彼女の名前は果物の名前で、私もだからなんとなく親近感があったけれど、彼女を見ているうちに、ほんとうに立派な人だなあと思えてきた。

常に様子を見て、臨機応変に、より面白く、よりライブを楽しめるようにするのは、ふつうにやっていくことの何倍もたいへんだ。

彼女はお年寄りを見たらなんとか席を探すし、出演者が「ビールくれ」と言えばどんなに忙しくてもさくさく持っていくし（たまに忘れちゃって、出演者が取りに来たりするけど、彼女の人柄を知っているから決して怒ったりしない）、いつも楽しそう。たいへんでも、より「生きている」って感じがする。

メロンちゃんがいないといきなり全てが有料になるし　笑、そのライブハウスはなんだか灯が消えたみたいになる。

先日たまたま差し入れにマンゴーを持っていったとき、「ばなながが桃とメロンにマンゴーを持ってきた」と笑いあった。

あのクールな菊地成孔さんも「ばななとメロンでお見送りします」と言ったら、プッと笑ってくれた。

そんなとき、ああ、いいライブハウスっていつも時代と一緒に、演者と一緒に、動いて生きているみたいなものなんだなと心から思ったのだ。

イベントってつまり毎日なにが起きるかわからないし、臨機応変だということ。そのことに興味がなかったらできないお仕事だということ。

まだそんなことをしたい人たちがいるのって、とても嬉しいことだと思う。

おまけふしばな

「無鉄砲」という曲がある。

よく道でばったり会う竹中直人さんの奥様になられた木之内みどりさんが歌手であったときに歌っていた曲だ。

彼女はカメラマンになったりいろいろある前、歌手だった。そして歌手をやめるとき、たしか海外にいた後藤次利さんの元へ逃げてしまったんだったような気がする。

もう彼女の歌が聴けないんだなと思いながら、たしか小学生か中学生ギリギリくらいだった私は、彼女が逃亡前最後に録画された新曲「無鉄砲」を歌う姿を見た。

「恋してるんだな！」とだれでも思うくらい、彼女は異様に美しかった。

きらきらしていて、わくわくしていて、なによりも強くて。なにもかも捨てる直前で。

一生忘れられない美しさだった。

私は歌手としての彼女の大ファンで、今でも聴くくらい名曲がたくさんある。少し悲しい歌をあの哀しい声で歌われると、シャンソンの香りを感じた。好きすぎて聴きすぎて天井にポスターを貼っていたくらいだった。

私が子どもの頃のことを思い出すと、自動的に木之内みどりさんが緑色の服を着ている姿が思い浮かぶくらいだ。

そして私は、大人になれば誰もが自動的に木之内みどりさんになるんだと心から思っていたのだが……おかしいなあ、引き寄せの神様、この件に関してはどこに行ってしまったの？　こちらは全く叶わなかった　笑！

ただ、竹中直人さんにばったり会う運は未だにすごく、下北沢や原宿のみならず、正月でもないのにワイキキで見かけたときにはさすがに「私は部分的に過去を引きずっているのか」と思わずにはいられないほどだ。

願いを持つことは、とても大切なこと、しかし恐ろしいほどパワフルなことだ！

潜在意識さんは、あるところではむちゃくちゃ精密なのに、どこかざっくりしていて、あなたの好みに合わせてものごとを調整してくれたりしない。

テレポーテーションはできるのに、なぜか走ることはできない夢の中の動きみたいなイメージ。

ズバッ、ドカッ、バシン！　これでいいでしょ？　だって望んでたでしょ？　という感じ。

だから心からの願いだけ、持つようにしようね。

千葉の海（吹上奇譚の人たちが見ている海）

明日は明日の風が吹く

◎今日のひとこと

ルーチンの偉大さっていうのももちろんあります。

ぼんやりと寝ぼけていても、いつのまにか洗いものとかお味噌汁ができているときがあって、びっくりするくらいです。

ぼうっと電車に乗っていたら乗り換えもすませていつのまにか目的地についていて、自分ってすごいなと思ったりもします。

いつのまにかジョッキのビールがなくなっていたりね！

でも、ふと、あ、今日の根菜ばかりの冷蔵

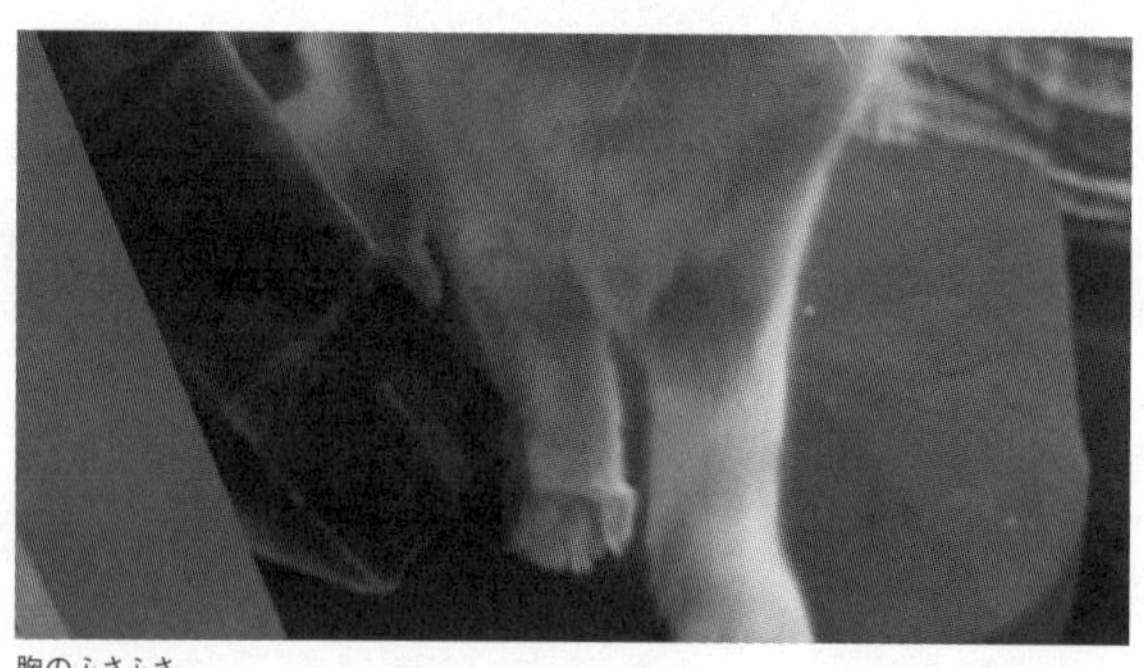

胸のふさふさ

庫だったら、具沢山のけんちん汁を作れるのではないか？　と思ったり、このお店だったらビールじゃなくてワイン飲もうかな？　とか、ちょっと違うことを思いついたときに、ふっと吹く風。

それを捕まえるために生きているのかも、と思うくらい、その風が顔に当たると気持ちがいいものです。

それを招き入れるには、ほんの少しだけ心に余裕がないといけないのです。

なにかにちゃんと集中して、終わって、ふっと顔を上げたときのような。

今からはもう根をつめないで、ちょっと自由時間にしようと思う瞬間のような。

寝る前に明日のコーディネートを真剣に考

こえ占い千恵子ちゃんと

えるもよし。

やるべき仕事を時間割まで決めておき、朝になって全部変えたっていい。それが自由。小さなようでとても大きいもの。

心を活かすガソリンみたいなもの。

こえ占い千恵子ちゃん[*28]が、言っていました。

「三分の一だけ、あけとかないとな。新しいものが入ってこれなくなるからな」

◎どくだみちゃん

未知

そんなにていねいではなくっても、てきとうで。

毎日コンディションは違う、気分も違う。天候も違う。

それに合わせて今日は今日のことを考えるのが、生きているということの中でいちばん贅沢なことだ。

お味噌汁、ていねいに出汁をとって、具もたくさんにするときもある。

ポトフ、キューブのコンソメを入れて、全部大きくてきとうに切って、鍋にぶっ込むだけの日も。

友だちからしいたけをもらって、バター炒め、きのこ汁、炊き込みご飯としいたけづくしの日もある。

それは私が半分、その日と、そして未来からの流れが半分決めてくれるすてきな何かなのだ。

決して過去の経験が決めるのではないのだ。

セーターに小さなしみがついているのに外で気づいて、なんとなく冴えない日もあれば、全身ばっちりと決まっていてどんどん外に出ていきたいときも。

靴だけはこれと決めて、あとはでたらめでもいい日も。


山を歩くように、嵐の中を行くように、そのときどきに風向きを見ることができたら、それに合わせて日常を紡いでいけたら、それが人生を楽しんでるっていうこと。


そう思えた瞬間から、いきなりひとりお昼ごはんのポーク卵を完璧に作れるようになった。

卵のベタッとした感じがどうしてもできず、オムレツみたいになっちゃって下手だったんだけれど。

そんな形で恩恵を受けるなんて思わなかった。

近所にまだ沖縄そば屋があった頃、おじさんがほんとうにてきとうにベタッと作るポーク卵を作る手順のさくさく感が、さくさくにしようとすればするほどできなくて、
ちょっと放っておくとか、ポークの脂に手伝ってもらうとか、理屈でいうとそんな感じ。

でもそれだけじゃない。

イメージだけして、さささっと。

ポーク卵とあまったごはんのランチ。

やがて夜にも好評な、冷蔵庫に卵以外なにもないときのふつうのメニューになった。

イメージすることがいちばん大切だったのだ。あとは遊び心が。

てきとうにやっているうちに、急にできるようになるのがいちばん自然だ。

私たちは自然の法則の中に生きている。

それだけは抗えない、重力や肉体や天候の魔法。

それにうまくかかっていけば、そのときにすべきことだけをするようになる。

せっかくそれが可能な文明を力を合わせて築いてきたのだから、もっと幸せに生きた方がいい。

すきまを見つけて、のらりくらりして。


外に出たいなあと思って、子猫は毎日ジャンプして、柵にぶつかって。

あるときぴょんと出れてしまう。

誇らしいというよりはびっくりしてきょとんとしたその顔を、丸く見開いた目を、そしてそのあと堂々と歩き出していく冒険心を、持ち続けていよう。

手がだらーん

◎ふしばな

もむ感じ

超絶家事がうまい器用な人を数人知っているが、彼女たちの手は全員、「もむ感じ」なのだ。

なにをしていてももんでいる。

洗いものをするときは、皿をもんでいるし、手で洗濯するときは布をもんでいる。

包丁を使っているときもまな板の上で材料をもんでいるように切る。

洗濯ものを干すときもだ。空間をもんでいる。

両手がそれぞれ違う動きをしているのに、間にあるものが心地よいような感じになっている。

たまに一瞬だけ、自分の手が皿をもむ感じになったり、材料を洗っているときに野菜をもんでいるムードになることがある。

そんなときは必ずうまくいく。

でもあのもむ感じは決して、「あ、もむ感じね」とすぐにできるようにはならない。

うまい大工さんはものの持ち方が違う。

踊るように軽く持つ。音もあんまり出ない。

それもまた、道具をもむ感じなのだ。

桜井会長も牌をもんでいるように見える。

だから職人さんはずっと修行をするのだろうし、植木屋さんも見よう見まねで師匠についていく。そうして長い間かけて手が覚えてくれるのだろうと思う。

あんなに長く退屈に思える修行が必要だというのは、そういうことなのだろう。

島ずし

姉とお好みやき

直感の声を信じる

◎今日のひとこと

きっと私はめんどうなことをみんな神様のせいにしたいからなのかもしれないけれど笑、ときどき、とんでもないことを神様だか上の人だかが言ってくることがあるんです。「この人と連絡を取れ」とか「今すぐ代々木上原に行け」とか。

全く意味がわからないことを。

で、行動してみて、なんてことないじゃん、なんだったんだろう？　とたいていは思うんですけれど、あとから必ず理由がわかるんです。

たとえば、その人と連絡を取ったことで、

ヴィーガンのチョコレート

その人の奥さんが自殺しようとするのをめぐりめぐって止めることができていたり、人生のために思い切ってするべき離婚のいいきっかけになったり。

代々木上原でたまたま立ち寄ったカフェのオーナーの妹と、先々たまたま仕事することになって、カフェに寄ってオーナーと話していたことですごく関係性がうまくいったり。

だからなるべく直感の声には従うようにしているんだけれど、そうすると直感の声のせいにできるから案外楽です。

「直感の声？　なんぞや。あれもこれもそうなのか？」などと下手に考え詰めると、直感以外の声を聞くようになって、結果病院に行くことになってしまうので、あくまで地に足をつけて、健康的な生活をしていることが前提条件ですが。

「あれ？　なんだか私今日はこっちに行きたくないな」とか、「どうしてもあの人を好きになれないなあ、みんなは大好きって言ってるけど」とか、そういう小さなことでいいん

宿のだんろ用

です。そういうときに自分を信じて行動してあげると、信じてもらったほうの自分（＝神様とか上の人とか）がすごく喜んでくれて、これからも助けてあげるよってどんどん思ってくれるようになります。

◎どくだみちゃん

特別な生き方

みんながみんなそうでなくてもいい。

でもそれを生きて夢を見せる人は必要なのだ。

その夢が人類を推進させてきたのだから。

だれか、個人的な生活をかえりみず、人の白い目をかえりみずに興味の方向に突き進んだパイオニアがいて、
それがどこかで認められて商業とリンクし、商品にまで薄められてみんなが安心して使えるようになる。そこで初めて世界が変わる。

それは自転車の両輪のようなもので、どちらもこの世界には必要なのだろう。


なにに関しても確率が低いことに、思い切って、やむにやまれず飛び込む変人は、最初は仲間外れだったり、蔑まれたり、貶められたり、逆に妬まれたり。

そんなふうに新しいことをする人はたいへんだけれど、いつもシャープな美しい夢を見ている。


みんながみんなそうである必要はない。

パイオニアでいることはタフなことだから（わが身をもって保証できます）。

毎日が戦争みたい。ゾンビがいる世界で戦ってるみたい。

だから最前線にはだれもが行く必要はない。憧れだけでいい。

でも、その香りだけでも取り入れると、人生はうんと華やかになる。

そして「いや、人生一度きり、私もそうなる！」と決めたら、だれでもパイオニアになれるものだっていうのが、いちばんすごい。

最初にきのこやなまこやうなぎを食べた人だって、きっとそうなんだ。

自由。

神様は私たちに、そんな自由さえもくれたんだ、そう思う。

パイオニアのこだわりは他の人には全く筋道だって見えないし、

頭がおかしいと感じられることが多いだろう。

それは当然。

だって直感の風が顔に吹いてくるのだから。

その通りに生きると神様と約束しているのだから。

だからって特別成功したり幸せになるわけではない。

ただ道を拓く、そのためだけに生きる、ただそれだけのこと。

その風はとても清らかで爽やかで。

そよそよと顔に当たると、もう自分にうそはつけなくなる。

小さな花

◎ふしばな
ロボット

もしかしてお店で働いている若い人たちは、いっそロボットに変わった方が快適になっていくんじゃないかなあ？

と思うことが最近よくある。

自分でごはんを作ってそれがおいしいかまずいかを一回も考えたことがなかったり、お客さんがおいしいと喜んでくれるかどうかが全く気にならなかったり、そういう状態の人が飲食店で調理をして働こうと思うこと自体が、ちぐはぐだと思う。

興味があることだから働いてみる、ということが全てなのだが、きっとそんなことは考えないで募集しているそこにとりあえず行き、面接で受かり、マニュアルを見たり指導を受けただけで、それをそのままお客に提供して、お金をもらっちゃうという、ただそれだけなのだろうなあと思える人をよく見かける。

じぶじぶと低温で焦げる直前まで揚げられた中学生の調理実習みたいな唐揚げとか、セントラルキッチンから送られてくる冷凍のビニール袋をざっと鍋に空けて温めただけのしかもまだぬるいおでんとか。

これだったら、いっそ働く人も機械だった方が温度や技術に間違いがないのでは？ とマジで思う。

お金という観点から考えたら、一人前五百円以下のものを、手をかけて作ってもどんだけ売れたって稼ぎはこのくらいだから、手なんてかけなくていいということになるだろう。計算すればわかるだろうという話になる。

でも、そこにしか未知（道……こういう語呂を憎んでいる私だが、しかたないわあ）はないのだ。実は。

逆に、台湾で、マシンか？ と思うような手さばきで一日じゅうひたすら餃子を包んでいる人たちや、微糖氷なしプリントッピング激アツでみたいな複雑な注文を、ひたすらに機械のように忠実に笑顔も見せずに熱心に作り続けるタピオカ屋のバイトの若い子たち。

その人たちは、もはや精密すぎて逆の意味でロボットにしか見えないのだが、決してマシンではないのだ。これこそが偉大な人智なのだ。

こんな一生いやだ、一生餃子を作ってるだけ。自分はまるでマシンだ、とは思わないで、ひたすらにやり続けてくじけなければ、なにかがやってくる。お金ではないかもしれないなにかが人生に訪れる。

それを信じるということが、自分を信じるということだ。

那須の桜

心の声と体の声はちょっとだけずれている

◎今日のひとこと

よく準備ができているとき、瞑想と似た気持ちでものごとに臨むことができることがあります。

たぶんいい結果を出すときのアスリートってこういう感じなんだろうなあと思います。

私の場合、小説の詰めのときと、ちゃんと時間をとって荷づくりができて準備万端で空港に行くとき、そんな「ゾーン」に入ります。

視界は広く、わずかな違和感にも気づいてすぐ調整できる、ある意味無敵の落ち着き、そんな感じ。

台北のお茶の店

そんなふうな状態がいつも続けば、アスリートはみんな金メダルだし、私はノーベル賞でしょうね　笑。

でも、そうでないのが人生の面白み。

ダメでダメでしょうがないとき……空港編で言えば寝不足、怪我、急な荷づくりでパスポートだけなんとか持っていてギリギリに空港着みたいなとき……に、いかにしのげるかこそが、プロの度合いを測る基準だったりします。

スランプをどうしのげるかがアスリートのいちばん重要な点だし、その経験でいっそうメンタルが鍛えられて本番に強くなったりしますからね。

ダメなときをしのいだ経験をたくさんしていると、例えば講演前に楽屋でグダグダお弁当を食べて、ドキドキしたり緊張したりして、もう絶対むり、今日はなにも考えてないもの……みたいな感じでも、人前に出て拍手を浴びると、いきなり心が静かになってちゃんとふるまえたりします。

そうしていざというときの自分を信じるためだけに、ふだんの修行的な日々ってあるんだろうな、そう思います。

さて、そういうわけで心というのはわりと身勝手かつクセによって動いてしまう自動的なものなので、その「落ち着いた状態」「体が喜ぶ状態」というのが実はそんなには好きではないのです。

心は、不安になりたくないから、逆に勝手にもめごとを求めるのです。もめている間は逆にやることがあるから。

魯肉飯のお弁当

心はとにかく心を動かすことが好きで、落ち着きたくはないわけです。

なので、心を落ち着かせてあげるには、体のほうを日々なるべく長い時間、ゾーンに持っていくこと。そのほうがいろんな意味で早いと思います。

◎どくだみちゃん

そんなふうに

まだ若い犬ががんで死ぬっていうことを、生まれて初めて経験した。

ほんとうには解剖してみないとわからないが、多分片方の睾丸が降りてこなくて、体の中でがん化したのだろうと思う。

一緒にしてごめんなさい！　だけれど、三砂ちづるさんのご主人ががんで亡くなるときに、ちづるさんとご主人がお医者さんに一緒に聞きにいってすごく納得した言葉というのを教えてもらった。

「がんっていうのは、急激に老化が進むことだと思えばわかりやすいんだって」

まさにそんなふうに、最後の一週間のうちの犬は、おじいちゃん犬みたいになっていた。動きは鈍く、歯もぐらぐらして。

もちろんむりに関連づけるわけではないし、確信でもない。

でも、あんなに食べものにも運動にも気をつけていたあの犬が、なんでそんなことになったのか。

気が弱く性格的にうちべんけいでよく私を噛むくらいだったあの子。

あの子は、震災のときに赤ちゃん犬で、ものすごく線量の多い地域の屋外で生後の数ヶ月を過ごしていた。

関係があるのかも？　しれない。

あるのかも？　しれないという感じで亡くなっていった人だって、もしかしたらいるのかもしれない。

地球で起きたことは、必ず地球の上にいる生きものに影響を与える、それだけのことなのだが、そうかもしれないなと思う。あの震災は、だれにとっても、まだ終わっていないのだ。

いずれにしても、私の一日はきっと犬にとって三日とか五日とかなんだろう。

そう思ったら、なるべく一緒にいたいと思うようにいっそうなった。

前は理屈でそう思っていた。彼らの時間は私の時間と違うから、先に逝ってしまうんだなと。

でももっと肉体的に、すとんとふに落ちた感じがする。

一緒に寝ていると、彼らの時間の早さが、ぬくもりと一緒にぐんぐんと伝わってくる気がするのだ。

濃密な生の時間の眠り。

長引いて薄まっている私たちと少し違う。

きっと神様は人間を見て「濃厚な生、うらやましい」と思っているだろう。

腰が痛くて歩けないとき、昔の私はいっぱい原因を考えた。

昨日あんなに重いものを持って歩いたのがいけなかったんだ、スケジュールをつめこみすぎてむりをしたんだ、これからは気をつけなくては、という具合に。

でも、犬たちの死を見てきてわかった。

猫はもう少し違う形で「いろいろわかっている」感じがするので、あくまで犬の場合だけれど、

彼らはいつだって、

「あれ？　なんで歩けないんだろう。歩くと痛い。つまんないなあ、歩きたいなあ」

というだけなのだ。

また歩けるようになるだろうか？　とか、歩けるようになるためになにかをしようとかではない。

でもここぞというときには、ちょっと歩けちゃったりする。そのために力を溜めているわけでさえない。

よく知らない病院で最後の検査を受けたとき、

この犬はいつ死んでもおかしくないという血液検査の結果が出て、どうすべきかを相談しているとき、

うちの子は、動けないのに必死で歩いて「帰ろうと」していた。

家に、私たちの家に。

「帰ろう」という言葉が夫と私の口から同時に出た。

「もう治療はいいです、帰ります、帰って看取ります」

まだ信じたくなかった、でも、口がそう言ったのだから。

「コーちゃん、帰ろう。うちに帰ろう」

ずっとそう言って、腕に抱いて、帰った。

帰ったらすぐ彼は死んだ。家に入っていってもの場所で横たわってからたった三十分で。

あの場所では「死んでも」死にたくなかったのだね。

ただそれだけのために、歩いた。

それでいいのだ。

バカボンのパパのいうとおりなのだ。

お茶の店。別の角度から

生きるとか死ぬって、それでいいのだ。

人工呼吸器をつけている犬とか、胃ろうの犬とか、見たことがない（今の時代はいるのかもしれないけれど）。

生き物はちゃんと死ねる。

私たちも必ずちゃんと死ねるはずだ。

◎ふしばな

うらはら

「健康でいたいですか？」と聞いたらだれだって「はい！」と答えるだろう。

でも、それだけじゃないんだ、人間ってきっと。もう少し面倒くさくできているものだ。

それこそ犬とは違う。

本人に言ったら「絶対そんなことはない」というのがわかっているのだが、うちに来てくれる優秀なお手伝いさんは、定期的に倒れる。

生活のたいへんさとか、家族への不満とか、そういうものがだんだんだんだん、目盛りいっぱいにたまってくるのが可視化できるほどわかる。

だから「そろそろ来るぞ」と思うと、「駅で倒れました」とか「朝から頭が痛くて、行けたら行きます」みたいな連絡が必ず来る。

今の私は育児中とか親を看取っていた時期よりは、時間に余裕があるから、いいですよ〜、と言える。

しかしそうでなかった頃は、親の入院費のためにお金を稼がなくちゃいけないので、分刻みで仕事を入れていた。

一日五本なんてざらで、そのあとにさらに

家事をやったりお弁当を作ったり本業の小説を書いたりしていた。掃除と洗濯がいきなり加わって、留守番がいないから子どもを背負っていかなくちゃいけなくなって、こちらが倒れたことも何回もある。

私は現場では顔に出さないので、「子連れでシッターさんまでいて、にこにこしてる。いい気なもんだ」とどんだけ思われたか（面と向かって言われたこともある）よく知っているが、そんな状況では全然なかった。

疲れすぎていて座ったら立てない、だから立っている、みたいなときのお手伝いさんのドタキャンは、ほんとうにこたえた。

動物たちや赤ん坊がドロドロに汚した山盛りの服を、泣きながら徹夜で洗ったことも何回もあった。

その頃はお手伝いさんに急に「休む」と言われると、本気で怒ったこともちろんあった。

多分これまでの彼女の壮絶に苦労した人生では、そこに「いやなボス」というのが常にいたのだろうと思う。その人が厳しい「せいにできる」ような人と言ってもいい。

人を雇ったことがある人は全員うなずいてくれると思うが、いちばん困るのは「ドタキャン」なのである。数ヶ月先に二週間休みますよなんていうのは全然いいのだ。準備できるもの。

仕事をドタキャンされると、その人が来るのをあてにして立てていた予定がみんなパーになり、パニック状態になるから心臓に悪いというのもある。

最近は「あ、そうすか。ゆっくり休んでま

た来てくださいね」みたいな感じで、もちろん洗濯物（シーツなど大きなものだけ洗ってもらっている）はたまるし、家は汚れるし、留守番がいないから一日十個くらい来る荷物は受け取りが遅れるしで、たいへんではある。今だって私はむちゃくちゃ忙しいのだ。

でも当時ほどせっぱつまってはいないので、数日をかけてリカバーできたり、もう放っておいたりできる。なにせ今すぐ目の前にいて面倒を見なくちゃいけない人間の赤ちゃんが家にいないから。

当時はちゃんとこれまでの人生で彼女の世界に必ずいた「いやなボス」にしっかりなることができていた私なので、彼女も当然同じ思考回路に入ることができた。いわゆる「思いグセ」の世界だ。

「ああ、こんなに必死で働いてもそんなに楽にはならない毎日、家族だってあんなだったりこんなだったりして、私のたいへんさをわかってくれない。そして体調を崩して休んだらお金も入ってこない、困る困る、苦しい苦しい、倒れちゃいけない、でも倒れたらどうしよう。きっとボスは怒るし、クビになったらどうしよう、ああ、調子が悪い。でも起きていかなくてはいけない。私が倒れたら私がどんなにがんばって働いているかまわりにもわかるのではないだろうか。それでもきっとボスは怒る。なんてひどい人だろう、なんて恵まれない私だろう」

これは、ほんとうに疲れているときの私もよく陥った気持ちなので、よくわかる。寝れば治るようなことなのだ。

でも、そのときの袋小路な疲れた気分では、どうしてもこういう考えのくせができて、結果実際に倒れて、ほら、やっぱりボスには怒られた、でもみんな私がいかに疲れてるかわかったでしょ、私の稼いでくるお金がどんなにたいへんな思いをしてるか思い知った？という流れになる。

これは心というものにとって、川が海に流れていくくらいに自然なことなのだ。

しかし今の私はそのロールプレイングには入らない状況なので、「あ、そうすか、ゆっくり休んで、また来てね。でも休んでるとふつうにお金は払えないから、そのあいだはしかたないね〜」ということになる。

もちろんこちらも「がびーん」とは思うし、やむなく深夜にそうじなどして「疲れるなあ」とは思うけど、「お手伝いさん、お休みかあ、そのぶんお金が浮いたから肉でも焼くか」くらいの余裕が心にある。

この「いやなボス不在状況」の肩すかし。これこそが突破口なんだけれど、たとえ相手が変化なんかしなくても自分の中だけでも変更は可能なのである。

さっきも書いたが、私だって今もひまではないので、いつだってその苦しい流れに乗ろうと思えば乗れる。

「うわあ、明日は午前中から出かけなくちゃいけなくて、しかもきちんとした服とか靴じゃないといけないから、めんどうくさい。なのにお手伝いさんドタキャンかよ！　家の中がぐちゃぐちゃだし、いくつか確認書類をダウンロードしなくちゃなのにＭａｃの調子悪いし。買わなくちゃかなあ、でもお金かかるなあ。今夜中に一二〇〇字一本仕上げて、単行本のゲラも徹夜で見なくちゃ、倒れそう。ごはん作らなくちゃ、もうみんな帰ってくる。外食にするか？　でも先週買った卵とソーセージ使わないとやばいか。倒れた方が楽かなあ、でもそうしたらローンが来月払えないしほんとうに泣きたいよ、だれか助けて～！」

もう、今すぐにでもこの気持ちになれると言っても過言ではない。だって事実だもん。

でも、これに乗らないというのが、だいじなのである。

そうやってじょじょにくせを取っていくと、違う世界がいきなり拓けてくるのである。

「ソーセージ……あきらめようかな～、ま、いいか、あはは、とりあえず寝ちゃったりしてね～、ぐずぐず～」みたいな。

それがいい世界かどうか、完璧かどうかと言われるともちろん否なのだが、体は喜び、心は「まてよ？　いつもみたいに思いつめるより楽かも？　あれ？」と動揺し、やがてもっと体とタッグを組んでもいいかな？　と思うようになってくる。

「思いぐせ」と「それを叶えてくれる役者」がいつまでもそろっているとエンドレスループになるが、この例のようにどちらかがなにかでそれを抜けちゃうと、肩すかしになって世界が簡単に変わってしまうというのも、人生の醍醐味くらいに面白いことなので、ぜひどのジャンルでもいいからやってみてほしい。

急に姑にクソババ～と言うとか、生ごみをひたすら一週間ためてまとめて出してみるとか、くせになっている思い込みや流れと違うことならなんでもいい。

どれだけ状況が変わるかを一度体験したら、人生を思うようにするコツがつかめてくると思う。

台北にて。乗り物も人もかわいい

自分から動けば

◎今日のひとこと

それを選んだ私も我ながらすごい勇気だと思うのですが、うちの子どもってマジでついこのあいだまで学歴ゼロだったんですよ。

インターナショナルスクールに小学生まで行って、英語がついていけなくなっていったん[*29]フリースクールみたいなところ（オルタナティブスクール）に行って、毎日ものすごい勢いでゲームをしたり自分のしたいことを極めたりしていて、これはもう勉強なんてしないよな、困ったな、でも今楽しそうだしなあ、とずっと思っていたのです。

なんでその学校に入れたかというと、あま

直島

りにも宿題が多すぎる幼稚園と小学校だったので勉強しすぎて顔つきも疲れていたので、リハビリで一年くらい休むか、ということでだったのですが、楽しいからやめたくないと言われ、ついずっと通い続けてしまったという。

勉強は将来、したいことに必要な分だけすればいいわけだから、いつかがんばるだろうと思うしかない。

そこで私が思い切って選んだ考え方は、全部引き伸ばせばいいというものでした。

今の時代、引きこもったり、外国に住んだり、いろんな人がいる。だから、小学校も中学校も高校も大学も、三十年くらいかけて取り組めばなんとかなるというふうに切りかえることにしました。

その学校の教育方針は、とにかく自分のすることは自分で見つける。授業はないし、場を与えるだけでなにもしない。決まりごとや行く場所ややることは自分たちで話し合ってみんな決める。

もし勉強をしたかったら、ボランティアで登録している各先生を呼ぶことはできる。そこには私も登録しているから、小説の書き方とか教えに行ったりしましたね。

「学校で一切勉強しない」というのがあまりにも不安だとやめていく人も後を絶たない感じでした。そりゃそうだよねと私も思いました。

それでけっこうな学費を払ったりしてるわけで、子どもをそこまで信じ切れる親も珍しいよねと。

でも、毎日会える人がいるというのと、ある程度責任ある実務（そうじとかミーティングとか学校の経営に関わるというのまで）があるというだけで、人って安定するんですよ。

学歴ゼロしかも英語の学校だったので日本語を一切学んだことがないという彼は、日本語はゲームで覚えたんですね〜。

そしてあんなに使っていた英語はすっかり忘れてしまったと言ってる。

これは、いったいどうなるんだろうなあ、あはは、でも生きていてくれたらいい。あとは自分の人生を生きてほしい、と思っていました。

しかし十代も半ばになったら彼は突然自発的にものすごい勢いで勉強しはじめて、私がすっかり忘れた数学や社会や英語や理科を、ひとりでもうぜんと進めていくわけです。毎日同じファストフードの店にひとり図書館代わりに通い勉強して、数時間たったら帰ってきて、また夜中に数時間勉強して、ついに中学の学力にたった三ヶ月で追いついたのです。そして認定試験を受けて、中卒になりました。

まるで子ども自慢してるみたいだけれど、違うんですよ。

人間ってすごいな、と思ったのです。強制されなければ、楽しいんだと。

自発的に始めたことなら、人はやれるんです。

いやなことをいやいやいくらやっても、身につかないし時間がかかるんです。

私は少し前から、「義務教育の九年間って私にとってなんだったんだろう？」って本気で考えました。

そして「意味なかった、一生の友だちができた以外は」という結論に達し、愕然としたのですが。

それを子どもが実証してくれたように思いました。

それでも子どもにはちゃんとふたりの親友と呼べる子がいて、それ以外にも友だちがいて。じゃあ、友だちができたことももしかしてあの場所でなくてもよかったと？　と私はびっくりしました。

「九年は長すぎた、今からでも私が見習わなくちゃ、もうむだとわかっていても勇気がなくてつい過ごしてしまうような時間は過ごすまい」そう思ったんです。

うちは特殊な家庭なので、みなさんにそうしたほうがいいよとは決して言いません。

でも、考え方としては、ありだと思います。

自発的に動くこと。自発的にでなければ動かないこと。いつか動く、そんな自分を信じること。

仕事のじゃま

◎どくだみちゃん

このうえなく優しいごろごろ

タマちゃんは、なにか障害があったらしく、十七年間ずっとほぼ寝ているか、奇声を発していた。

ボケても若くても同じだった。

人間と一緒に寝ることなど五年に一回くらいしかなかった。

彼女に手を触れると十秒後くらいにデジタルにごろごろ言い始める。

あ、嬉しいんだ。嫌われてないいんだ。

そういうふうに思うくらい、それは安心する音だった。

死ぬ直前まで、彼女は触れば同じようにごろごろいってくれた。

朝五時、私は仮眠をとるね、と夫に看取りをいったんまかせて、ベッドに行った。

私は朝の冷たいふとんの中に入った。少し寝て、看取りを交代しよう、そう思っていた。

そのとき人が耳元で言ったかと思うくらいはっきりと「最後は一緒に寝たい」という感じが伝わってきた。言葉ではなく、イメージの塊みたいな感じ。

私は夫とタマちゃんが寝ている部屋に行って、

「川の字で寝よう、シートを敷いて、タマちゃんを真ん中に寝かせよう」

と言った。

寝ぼけた夫も「そうしよう」と言った。

「今、すごい怖いものが部屋に入ってこようとして、必死でタマちゃんを守る夢を見てたんだ、すごくリアルで、ほんとうに怖かった」

タマちゃんと一緒に寝るのは十年ぶりくらいだっただろうか。

もう虫の息だったけれど、私たちの気配があるそのベッドの上で、タマちゃんは静かに眠り、そしてそのまま息をひきとった。私たちの真ん中で。

どんなものからも守られて、永遠に安心な世界へ旅立っていった。

あっぱれな猫生だったなあ、という気持ちしかわいてこなかった。

なんて見事な去り方だろう。

あのとき、あと一時間を切っていたタマち

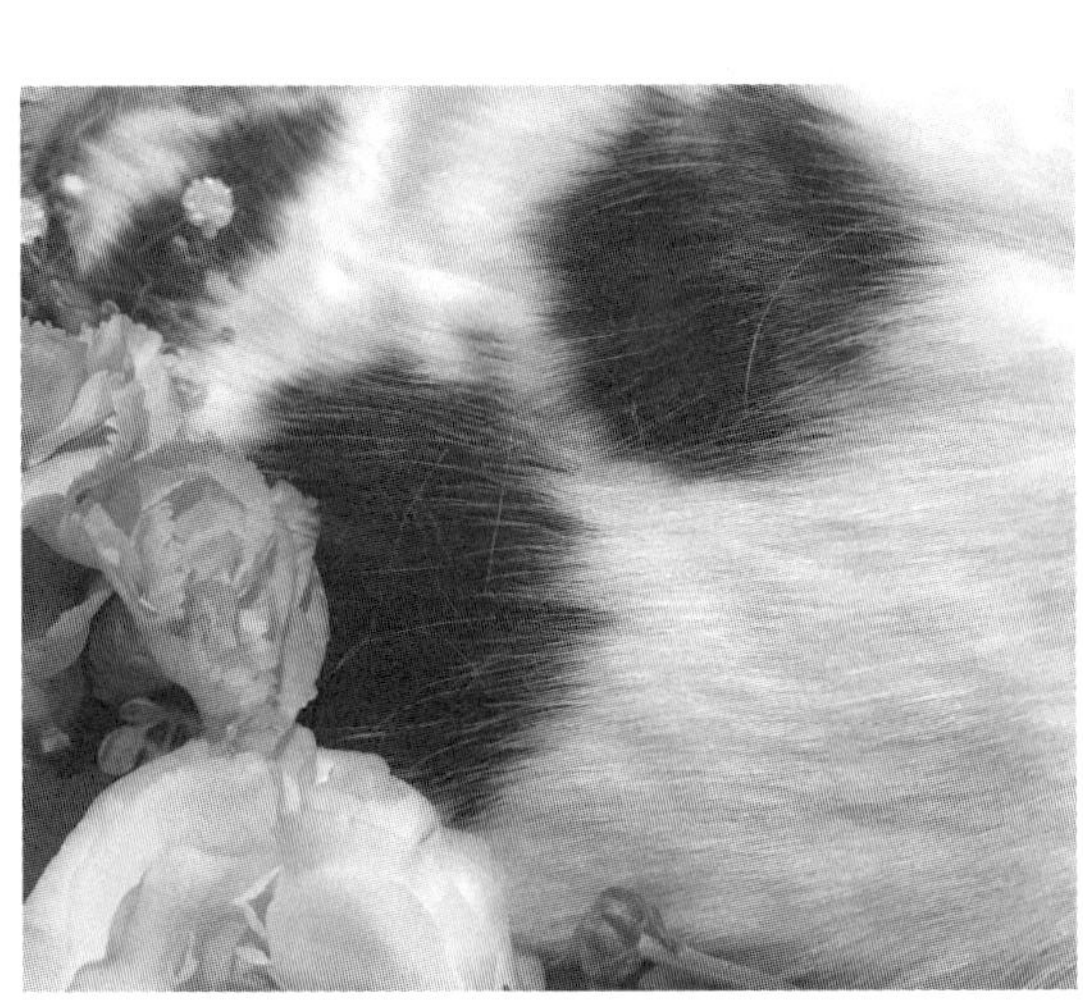

愛おしいタマちゃんの和風のもよう

ゃんの猫生を、毛布を敷いた冷たい床の上で終わらせないで、ふかふかのふとんの上で大好きなふたりの間で終わらせようと提案してくれたのは、そのなにか怖いものから守ろうとしてくれたのは、神様だったのか、育てた私たちの親としての勘だったのか、タマちゃん自身の希望だったのか。

泣きながら廊下に出たら、タマちゃんの住んでいた部屋にきょとんと子猫が座っていた。これからは君の時代になるんだね、と私は思った。それはとても自然なことなんだね、と。

◎ふしばな
父の言葉

「フリースクールみたいなものは、そのときはすごく楽しいだろうし、子どもの性格にもいい影響を与えることが多いと思うけど、勉強に関しては、あとですごく大変な時期が必ずあるから、大手をふって『いいね』とは言い難いなあ」

教育に関して、この言葉を父が遺していた。

私もそうだろうなあと思っていた。

だって、急にいちから勉強を始めるんだもの、そしてこんなに世の中にアニメやゲームがあふれていたら、勉強する気になるはずがないよねえ、と。

じゃどうなるんだろう？　というのには、信じて待つしかないと思っていた。

彼がなにかを見つけるのを。

そして彼は彼なりに夢中になるあることを見つけ、それを学び始めた。

彼はその間ずっと将来に関わることに関して、学校の勉強ではなく、職人的に手を動かして学んでいた。そしてちゃんとモノにしたので、これを学んだだけでよしとしよう、と思っていた。学校の勉強はいつか就職するときにまとめて関連分野だけがんばればいいだろうと。

しかし、前述のとおり、十四歳のときに、彼は周りの受験した友だちに感化されて、猛然と学校で学ぶタイプの勉強を始めたのである。

私がすっかり忘れた微積分なども、なんとかできるようになっている。

もちろんいわゆる一流校に入るほどのひねりあるでき方ではないから、成績優秀というわけではない。

でも、授業のない学校に通っていて勉強し始めるなんて、ふつうに考えるとありえない。そこまで子どもを信じるってなかなかできない。

英語はむりだろうと思っていたら、昔取った杵柄、というやつで、中学生くらいの英語ならなんとかわかっていた。

父の言う通りの「大変な時期」を自発的に過ごして、なんとかしてしまったのである。

しかも飽きないように工夫して、時間を決めたり場所や参考書を変えたりして、ひたすらひとりでだれにも言われなくても勉強していた。

何回も書くけれど、これは、うちの子すごいでしょという話では全くない。

うちの子の学校にはもっとすごい子がたく

さんいる。

自分で始めて、自分のペースでしっかりと生きていける子たちが。

自発的にやることは早く身につくと、野口晴哉先生も書いていらしたが、ほんとうにそうなのだ。

そしてその瞬間はちゃんときたのだ。

勉強は必要に応じて、自分からするもの。それを私のほうこそがしっかりと学んだような気がする。

人を信じると決めたら、決めた後はああだこうだ言わないで、勉強をしてなくてもいい時間を過ごしているかどうかだけを見つめ、こちらの方向に行ってほしいもなく、なんとなくふわっと向きだけ思っておいたら、ちゃんとなるようになる。

ただしそのタイミングは選べないし、他人は関与できない。その視点の凄さも学んだ気がする。

二匹の変なあそび

ひとつ減ればひとつ増える

◎今日のひとこと

最近の若いものは……というのは、歳をとると絶対言いたいだろうと思うんですよ。

だって、私の義理のお父さんなんて、満州で暮らしてロシア人に殺されそうになったり、そんな時代に重い病気になったり、親を亡くして淋しかったり、自分で薬剤を調達して自分に注射したり、ありとあらゆることを経験しているので、私たちの生ぬるい暮らしがアホらしく思えて当然だろうなと思うんです。

歴史は繰りかえし、こんなにもゆるい私も、若い人々を見て「なぜそこに気づかない？」と思うことが多々あります。

タムくんの絵

でもなにかが減れば、なにかが増える（たとえば、身体能力が減ればテクノロジーが発達するとか）、その歴史のすごさに「世界には秩序があるんだ」と思うんです。

私はバブルもそうでない時代も経験しているのですが、それによって対応が大きく変化したのはやっぱり日本を含むアジア圏だけで、ヨーロッパって、善かれ悪しかれ全く変わらないのです。

お金持ちのサロンに招かれる作家というパトロン文化的構図も、「とにかく小説が書けるという特技があるんだから、サルでもなんでも尊重しよう」みたいな徹底した態度も。

アジア圏では出版不況によりそれぞれの国でいろいろな変化がありましたが、日本がいちばんすごかったです。

今、作家になっている人って大変だなと思うのは、雑誌は「載せてあげるんだからギャラはなくて当然」、本は「出してあげるんだから、プロデューサー＝編集者に内容もまかせなさい」みたいな風潮があるところで、私なんてゆずらないところはゆずらない（というか、無料で三時間も拘束されたり、自分よりもヘアメイクの人のギャラが高いなら、広告にならなくてもいいから家で文章を書いていたい）ので、超扱いにくいクソババーとして業界に名を響かせてますが、時代が違うので全く気になりません。むしろ、若い人はみんなたいへんだなあ、気の毒に……と思っています。

こんな悲惨な状況に新しく希望として出てきたのは、手数料を払えばほぼ自分で勝手に

久留米の神社

ネットにアップしてお金をいただけるシステム（つまりこれ）と、絶版がない電子書籍というものの登場です。

いいものを本気で書けば、マスには訴えなくても必ずわかってくれる人がいる。それほど嬉しいことがあろうか、です。さらに昔書いたものでも、とにかく後の世代の人が手に入れてくれる、その喜びよ。

絶版になったらもう決してだれの手にも届かなかった時代に比べて、夢のようなんです。だから、悪いことだけではないな、必ず半分だとやっぱり思っています。

◎どくだみちゃん

冬の匂い

東京でその匂いがかげるのは、朝のほんの

ひとときだけ。

あとは不思議な濁ったもやのようなものが街を覆い、消えてなくなってしまう。

大通りのビジネスホテルから一歩出たところでも、久留米ではその匂いがした。

冬のいい匂い。セーターとか焼き芋のイメージとセットになっている、あの新鮮な空気の、枯れ葉の、冷たい空気に混じった香ばしい匂い。

深呼吸をしなくなったのは、都会人でせかせかしているからではない。

いい匂いがしないから。

たったそれだけの理由だった。

自然なことだった。

一面の落ち葉を踏みしめながら、朝、少し離れた場所にあるお風呂に向かったあの秋の日。

空気がおいしい。光がしみてくるくらい透明で、遠くの山に少し紅葉が始まっていて。世界が美しいから、吸い込みたかった、寒くても見たかったんだ。

今私は、なにを愛して、東京にいたらいいのか、悲しいけれどそう思う。

形骸化したふるさとは、まるで点滴や胃ろうをしながらなんとか生きながらえている人みたいだ。

だからといって、施設に入れて、明日からも普通の日常を送り、なかったことになんてしたくないから。

なるべく東京に足を置いておいて、いいと

ころをほめて、幸せを拾って、好きだった頃の姿を大切にしてあげよう。

好きな人がたくさんいるこの場所を。

渋谷ロフトの坂を上るとき、昔この地下のバーでベロベロになるまで飲んで、今は遠くに引っ越した友だちの坂元くんに「まほちゃん、酔い過ぎて爬虫類の目になってるよ」と言われたことがあったことを思い出した。

そうそう、ああいう私がそこここに残ってるから。

今はライブハウスとなったシネマライズで、ひとりであるいは友だちや彼氏とどれだけたくさんの映画を観たか。どれだけ映画の良さに泣きながらあのトイレに入ったか。

同じ場所で、その頃の友だちの娘がライブをやるなんて、笑っちゃう。

由布院にて

そう思いながらあのはじっこの変な三角のトイレで笑った、それが私の東京なんだな。

◎ふしばな
最近の若い人は　笑

最近、自分のインタビューや対談をまとめたものをゲラとして読む機会が多く、しみじ〜みと思う。

私の話し言葉がむちゃくちゃわかりにくいのはわかっている。頭の回転に言葉が追いつかず、はしょりすぎてなにがなんだかわからないくらい難解になってしまっているからだ。

人間というものを、観察し抜いたしかも微妙にサイキックな私の言葉は抽象的で、さらに占い師でもないので、伝えることには主眼を置いていない。自分の身の振り方を間違えないようにだけ、言葉を垂れ流していることが多いのが確かに問題だ。

しかし、なぜだろう？

編集者さんやライターさんがテープを起こしてみて、内容が全く把握できていないのにとりあえずわかるまで読み直すことなくつなぎあわせてみているから、文法とか内容に全く筋が通っていないままなのに、記事や本にしてしまおうとすることがある。

そういう状況が加速度的に増えてきた。

私はある程度までしか妥協しないで、しっかり直してから出そうとするので、これまたすごく嫌がられる。

でも、見て見ぬふりはちょっとできない。お金を払ってもらって、読んでいる間その人の時間を奪うわけだから、ベストをつくしたいのだ。

少し前だったら、このような「著者」「編集者」の関係は逆で、本を出そうとする編集者の側が、てきとうにゲラを見た著者をたしなめ、食い下がり、最後の最後まで筋の通った本にするために内容を把握しているのはもちろん、わからないところがあれば最後の最後まで編集者からの疑問が提示されて、こちらが「もういいよ〜」と思ったものだった。

今はあぶなっかしくて、著者がしっかりせざるをえない。

編集者というものは、読者と同等の「すごくわかるけど、うまくまとめられない」というくらいの理解ではだめなんだと思う。たとえ自分と意見が違う著者でも、何を言いたいかだけは具体的に把握していないと、人に伝える仕事をするには至らない。

プロの編集者が消えつつあり、その代わりに自分で出版する方法が増えていく。

その途中の時期がいちばんきつかった。

なんてすごい、世の中はやっぱり無慈悲にはできていないのだと思う。

ちょうどスマホが出てきてみんなが腕時計をしなくなったと同時に、高級自動巻腕時計や電波時計が新しい地位を得たように、きっと本はこれからいいものしか読まれなくなる。

その中で、自分なりにいい本を出していけたらなと心から願っているので、今日も私は「何言ってんだかさっぱりわからない、しついいやなババア」として粘るのであるが、果たして編集者にとってさえ内容がわからないくらいにぶっ飛んでいってしまった、早めにほぼボケてるんじゃやくらいの内容に、読者はついてこれるのだろうか？

そう思ってこうしてひとりでメルマガなどを思いきった内容でやってみたのだが、やはり「読者とは偉大な存在だ」と思った。

感想をはっきりとは言葉にできない人でも、細かくはわからなくっても、説明をしてと言われたら困るような人でも、読者というものはなにかを必ずつかんでいるのだ。得たいからお金を払ってでも読む、そして得る、そういう力を波のようにひしひしと感じる。

そして「ここまで自分の思考が人と違うところまで来てしまったのなら、自分は完全に孤独だ」と思っているだれか、完全に理解しているだれかを、心底から救うことができるのなら、私はいつまでも迎合しないで、一般受けするように書き直さないで（いつもそれを要求されるけれど）、思いきって偏ったことを書いていきたい。

だれかがいる、孤独の中で待っている、そこに届く。そう信じたい。

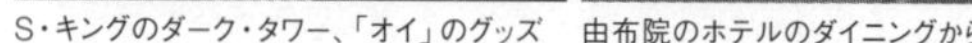

S・キングのダーク・タワー、「オイ」のグッズ　由布院のホテルのダイニングから

欲が全てを遠回りさせる

◎今日のひとこと

ほんとうにたくさんの人に会ってきたので、そしていろいろ失敗もしてきたので、きれいに隠してあるものから本人に自覚のないものまで、いつの頃からか私には欲の色が見えるようになってきました。

話の中の、メールの中の、表情の中の、そこだけちょっと色が濃いのです。

そして私がそれを考慮に入れて動いているからというのもあるかもしれないけれど、必ずそれは現実の世界になんらかの形で現れてきます。

まあ、これは私が三十年間あまりにも多く

道のサギ

のことを頼まれて、全部引き受けられないからつらい決断をくりかえしてやっとそしてあまり嬉しくなくても見えるようになってきてしまったものなので、みなさんにもできるようになってとは言いませんが、もしかして私のように「なんとなく感じる」人は多いのではないかなと推測します。

問題は、それがわかるかどうかではありません。

わかったことで相手を責めるよりも、わかったらどう対応するか？　どうやって自分の人生に応用するか？　どうやったら相手を責めなくていい展開に持っていけるかなのだと思います。

なぜ欲というものが、ものごとを曲げたり、遠回りさせたりするのか、今もまだほんとうの結論は出ていません。

欲にとらわれるといけないという教えが深くしみついているからというのもあるかもしれないし、単に欲で生きると人類は滅びるからという性善説寄りのことでもなさそうだし、サイキックが競馬をやると意外に外れるとは言うけど、それがなんでなのかは実はわからないし。

可能性が限定されてしまうから本能的に失敗してしまう？

感情の強さが色めがねとなって、正確に見えなくなるから？

冷静さを欠いてタイミングを間違うから？

「わあ、宝くじ当たったの？　おごっておごって！」

これは実は欲ではないのです。すごく欲っぽいけれど、反射にすぎない。

でも「宝くじ買ったとき、ついていって一緒に選んであげたよね？」は欲。

この分類も人と育ちによってそれぞれなんですけどね。

私にとっては単純に、そんな区別があります。

仕組みはわからなくても、たったひとつ、私にわかることがあります。

「無欲は最強。無欲こそが人生の唯一の可能性」

ということです。

とは言え、「今夜はとんかつ食べたいな」に始まって、私も欲まみれ。

なので、少しでも減らせたら、そういう叶うし楽しい程度の欲ではないものにかかわらない瞬間が一日の中で少しでも多かったらな、程度に思っています。

これも変なあそび

◎どくだみちゃん
こんなにも

こんなにも、死んだ友だちの声が聞きたくなるとは思わなかった。
力強いあの声を。
いつも電話で話していたような時間帯に。
自炊が多い私はたいていは何かを刻んでいたり、煮ている夕方の時間。
だからいつもあまり長電話ができなかったけれど。

空が暗くなっていく。彼女の声が耳に響いている気がする。
もう話せないんだ、この世では、そう思う。
今にも電話に出てくれそうな、いつもの夕方なのに。
そんなときは急に悲しくなって、うずくまって泣くしかない。
あの声、あの笑顔。
最後のほうは、まわりの友だちたちはみんなきっとわかっていた。
彼女がそう長く私たちと一緒にいられなくなるであろうことを。
彼女の体が壊れていくのを見るのがこわかった。考えたくなかった。

すぐ裏の店からマンションの入り口まで、ほんの短い距離を彼女が歩けなくなったのを見た日、信じられないほどゆっくりと支えながら歩いて、その後、私は泣きながらタクシーに乗ったのではなかったか？
足の機能の問題だと思っていた。そこから来るメンタルの問題なんだろうなって。

いずれにしてもその精神状態ではひとりで暮らすのはむつかしいから、実家に帰ってしまうんだろうと思っていた。

彼女が最後にみごとに私を騙してくれたから。

だから最後まで一緒に歩くのを手伝って、ごはんを食べに行くことができた。

腸が悪い人は、食べている途中に急に顔色が真っ白になって、黙り込むことがある。

その場面まで見ていたのに、転移とは思わなかった。

内臓は問題ないの？

と全部で二十回くらいは聞いたと思う。

内臓は大丈夫、足の問題なのよ。

毎回そのきっぱりとした答えが返ってきた。

もうこの際そのうそつきな声でもいいから、もう一回聞きたい。

たまに仲良し

「夕方ってなんだかたまらなくなるわね。みんなの思いがぐっと重くなるからなのかしら。いろんなことがよくなっていく気がしなくなる。こういう日は、好きな番組でも観て、あったかくして、ビールでも飲んでゆっくり過ごすのがいいわね」

いつもそう言っていたから、私も、今、そうしようと思う。

あの部屋の窓から見えていた甲州街道や高速や、暮れていく空や、目の前のビルの広告や、そんなものを思い浮かべて。

彼女を恋しく思うみんなも、そうしようね。

こんなに愛してたなんて、知ってたけど、知らなかったと思いながら。

◎ふしばな

婚活の謎

私は複数の人の真剣な婚活をじっくり見たことがある。

本人たちは、結婚という目標に向かってまっすぐに歩んでいるのに、なぜ結果が出ない？　と思っているようなのだが、私から見たら彼ら、彼女らは欲でブレブレなのである。

自分が仮にも結婚しているから、高飛車に言っているのではない。気持ちは痛いほどわかる。

「好きになれる人にしようともちろん思うけれど、結婚って就職みたいなものだと思うとつい条件を見てしまう。条件で選ぶと、相手は自分を好いてくれても、外見が好きになれない。あるいは好きな感じの人を見つけたが、相手は自分を選ばなかった。それならと好かれた人を選んでみたら、収入が低かった。見た目もいいし、自分を好きにもなってくれたけれど、遊び人だった、歳が上すぎた、若すぎた……」

これらも、痛いほどわかる。

特にマッチングサイトなどだと、とにかく変な人やセックスだけしたい人が多すぎるから、混乱するのもよくわかる。

しかしこのことは、誤解を恐れずに言うと、不動産とか物件とかとまるっきり同じなのである。

ほんとうに住みたい家に現在住んでいる人は、口をそろえて全く同じようなことを言う。

「条件も違ったし、住みたい駅にどんぴしゃりでもなかったんだけれど」

「思い描いていた理想のひとつの部分（例えば広いバルコニー）だけがなぜか一致していて」

「なんだかどうしても自分がここに住む気がして」

「死んだお母さんの好きだった壁紙があって」

「そのときは違うと思ったんだけど、家に帰ってみたらどうしても気になって。そうしたら申し込みを入れていた人が急にキャンセルして、不動産屋さんから電話がかかってきた」

「いつのまにか他の条件がどうでもよくなってて」

まず「絶対引っ越そう」という自分の決意があって、「きっと見つかる」という根拠はないが、詰めすぎていない希望の光があって、「そうしたらきっと今と違って楽しいことも多いだろうな」という楽観的な思いがあって、自分のゆずれないものがブレていなくて、どんなに勧められたすごく広い十万円の物件よりも、自分の好きな場所や間取りや環境に合った十二万円の物件を「損しますよ」と言われながらも選ぶ気概がある、あるいは少し安くて狭いけれど、周辺環境や部屋の雰囲気が最高なら決めちゃうよという、自分を信じる感覚がある……、

みたいなことだ。

なにかがキラキラしていて、ちょっとふんわりしている。

この気持ちがあれば、必ずいいところに引っ越せる。

すぐに見つからなければ、探しながら待てばいい。

探しているという構えを宇宙に発信してさえいればいい。

不動産屋さんに、「この季節は物件出ないですよ」「昼間お仕事だったら、日当たりはそんなに気にしなくていいのではないでしょうか」「これを逃すと、なかなかこれ以上の物件は出ませんよ」「あなたの予算ではそれは高望みだと正直思います」「駅から遠いと、結局疲れて生活にさし障るので、駅近のこの物件が合うと思います」「ここにすれば月々三万円ずつ貯金できることになりますよ」などと必ず言われるだろう。自分に合うたったひとつのものなんて、あるわけないですよって。

でも最初の希望を決して捨てずに、固執もせずに、ただきちんとひとつひとつに対処していけば、いつか必ず見つかる。また、いい不動産屋さんにはそういうさじ加減がわかる人もいるので、そういう人にめぐり合うのも大切だ。

結果、ちょっと遠かったり、思ったよりも

高かったり、いつのまにか自分の好みが変わっていたりするかもしれないが。

でも、毎回「そうか、駅近、いいかもなあ」「コンビニの上って、便利。でもやっぱりうるさそう」「こんなにみんながいいって言うなら、いい部屋なのかな」「道が暗すぎていやだけれど、確かに広いかも」「安いからインテリアで楽しめばいいか」と欲でブレブレになっていると、見つかるはずがないのだ。

でも、ここまではっきりしている「一生一緒に暮らすんだから、少なくとももとっても好きなところがないとむりでしょう」という事実を、他の欲でブレさせると、あとで泣くのは自分だ。

人には、その「間違える自由」「欲につられる自由」「泣く自由」「涙の中からほんとうのことを学ぶ自由」さえもあると思うと、全然いいなと思う。

だから、欲に迷う人たちを、決して愚かだとは思わない。

そういう人生の遊びをエンジョイしているんだと、本人たちはすごく怒るからあんまり言わないけれど、いつも思っている。

先日あるドキュメンタリーを観ていたら、大病院のすぐわきの路地で、全くもうからないけれど青空食堂をやっているというご夫婦が出ていた。そこは食堂でもあるし、調理場でもある。多くの人がそこでごはんを作って、大病院に入院している愛する家族に持っていくのである。素朴な作りたての料理を。

病院の食事は高いしあまり栄養がなさそうで、家族の好物でもないから、私が作るんだ！　と言っている家族たち。

入院している身内はたいていい重病で、それでも食べる瞬間だけ少し生き生きとする。

あと何回食事が取れるかわからない愛するお母さんのために、まだ大学生くらいの男の子も、そこで他の人たちと肩を並べて道ばたのコンロで料理を作っていた。

この気持ちを人生に持つことができたら、欲で左右されることはなくなると思う。

由布院のバーのカクテル

自分を信じる

◎今日のひとこと

どんなに自分にとって確かなことでも、まわりは全員NOと言っている。「おまえは頭がおかしいのか？　なんでそんなこと思う？ありえない」とみんなから言われる。

そんな状況に人生で何回かあったことがあります。

黙ってその場を去るという方法を取ったことも、もちろん何回もあります。

去れない場合、見て見ぬふりをしながら、ものごとが好転するチャンスを待っていたことも、何回も。

ケースバイケースでいろいろな方法があり

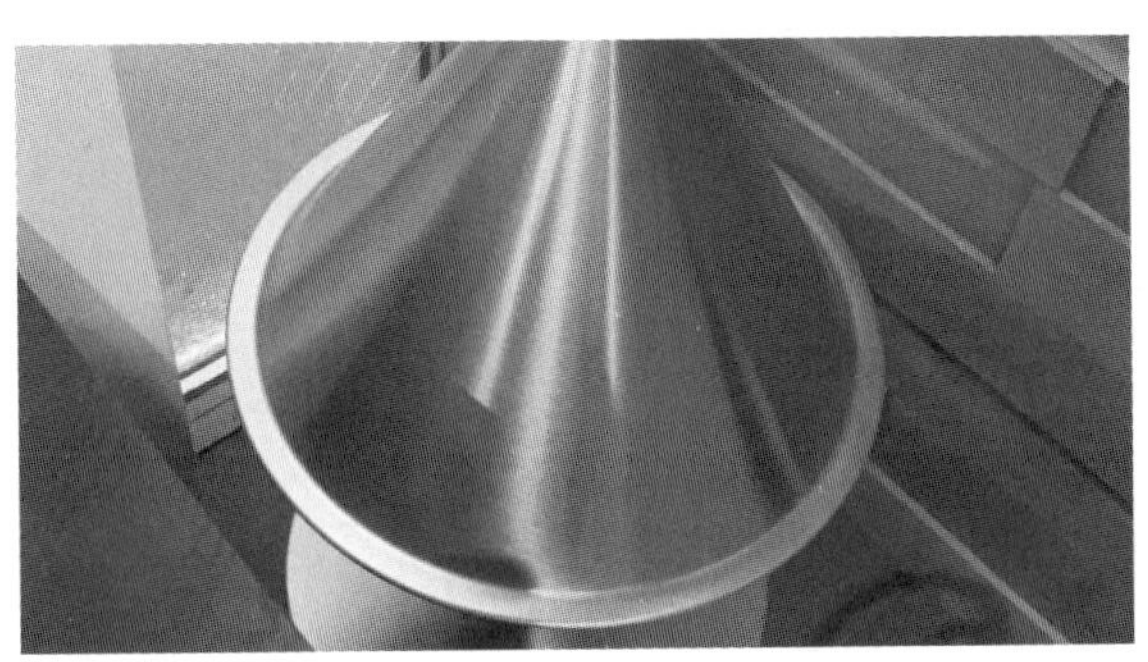

でかいレヨネックス

ます。でも、いちばんだいじなのは自分が感じたことを大切にすることなんです。

自分が自分を信じてあげること。

そこから小さな一歩が始まります。吹雪や砂ですぐかき消えてしまいそうな、くじけそうなよろよろの一歩なのですが、そこからしか始まらないのです。


大げさに必死に信じるのではなく、声高に自分の意見を訴えるのでもなく、ただ静かに「やっぱおかしいよなあ」「どう考えてもこうだよなあ」と首をかしげる感じ。

それを朴訥に貫いていると、どんなに糾弾されようと、必ずわかってくれる人が出てくる。それだけは保証します。

そして必ず真実は明るみに出る。

だれもが、やっぱりそうだったのか、とわかるときが来る。

そのときにはもうその場にいないのが、粋だなと思っています。

鬼の首を取ったような自分の顔はきっと醜いと思うから。


『3月のライオン』を描く直前の羽海野チカさんが、「少年誌で将棋のまんがをやってみたい、やろうと思う」と言い出したとき、何人の人が賛成しただろうか？　と思います。ラブコメを描いていたら安全なのだから。

私は友だちだから、彼女のとてつもない力を知っていました。それを聞いた下北沢の街角で、「この人は必ずやるだろう、できるだろう」と思いました。そしてそれはほんとうになりました。

背中に乗るのが好き

◎どくだみちゃん

声

あまりよく耳がきこえなかったので、その人の声の響きだけをなんとなく、音楽みたいに聞いていた。

電話の向こうから、スピーカーホンで聞こえてくる音楽だ。

少し前は、とてもきりきりして、つらそうで、苦しそうだった声。

今はゆるんで、甘くなって、柔らかくて、力強かった。

あの頃の淋しさが声を変えてしまったんだ、と思った。

息継ぎもしないでしゃべっていた、あの頃のその人を思った。

もっとゆっくりのんびりおっとりした人だったよね？

といつも思っていた。

迷う自由、という言葉が浮かぶ。

孤独になって、迷って、苦しんで、人が離れていくのを眺めている自由もある。

人は決して変わらない。でも孤独の底からなにかが少しだけ変わることはよくある。はっと気づく。

みんなひとりひとりが惑星のように孤独で、だから他の人の光を見たいんだと。

そして他人は決して自分の人生に登場する脇役ではない、それぞれが独立した存在だからこそ、大事にすれば自分も大事にされるんだと。

別の話。

死んだ友だちが死の直前まで愛したのは、深夜のＮＨＫでやっていた山の風景だけを映す番組。

チャンネルを替えてそれをやっているとラッキーだと思うのよね、といつも言っていた。

明け方までただ山の風景や生き物や鳥だけが映るＴＶの中に、

彼女はいったい何を見ていたのだろう。

どんな慰めを見ていたのだろう。

私は今寝る前に入るお風呂のＴＶでその番組をよく観るけれど、

果てしなく淋しい気持ちになる。

彼女がひとりでその番組を観ていたことが淋しいのではない。

最後に動けなくなって、仰向けのままＴＶの前までずっていった彼女が、

その番組を人生の最期の時間に、ただかろうじて目玉を動かして観ていたのだろうことが、淋しい。

カメのお風呂にちょっかい

病院でも最初の二日間は、家のほうがよかった、淋しくもなかったし、つらくもなかったと言い張っていたのに、三日目になったら、先生は優しいしみんなが世話してくれるし、ここは天国よと言い始めた。そのことを考えると涙が出る。

淋しかったくせに、幸せに異国の山の景色を観ていたこと。そしてもう二度と山に行けないことがわかっていただろうことを。

◎ふしばな

清潔さ

三浦和義さんのお母さんの、父あてに来た手紙を読んだことがある。

うちの息子は、ほんとうとうそがわからなくなってしまうところがあるのです、と書いてあった。

私は若かったせいか、まだ詐欺という概念をほんとうに深くは知らなかったせいか、ぞっとした。

自分で自分がわからなくなる。それって、なによりも恐ろしいことだと。

でもその後によくそういう人を見るようになった。全力で人につくしたり、涙を流して愛を語ったりしている人が、自分でもわからないくらいのごまかしを積みかさねて、お金を不当に得たりする場面を。

そういうときには必ず色欲と金銭欲と名声欲がからんでいる。

それらがそうとうな意志を持つ人であっても、うっかり自制を失わせるものだということは、理解できた。

よかった、自分の場合、酒と食べものに執着がある、くらいですんで。

後に酒場に行くようになり、酒乱の人をよく見るようになる。

そのうちひとりなんて自分の彼氏だったから大変だった。

みんな同じ感じだった。

ある段階から目がすわって、にやにやしはじめる。

その段階で帰るように心がけていたものだったなあ　笑。

そしてむちゃくちゃ暴れて、翌朝、なにも覚えていない。いちばん不安で怖いのは本人で、気にしないようにしようとまた飲んでしまう。

それを見ていて、これでさえこんなに怖いことなんだから、認知症ってどんなに不安なんだろうな、と思った。

しかし、同じように例えばぼけたり、病気で薬を飲んで副作用で脳に問題が起きても、言っていることのなにもかもをこちらが理解することができる人がいることも知った。

それは、うちの父と、デザイナーの中島さんだった。

周りから見たら、言ってることもめちゃくちゃだし、被害妄想や、見張られている妄想や、混乱や、そんなものに満ちている上に父はすごいときなんてベッドにしばりつけられたりしているのに、私にはその全てがきちんと道筋を持った暗喩に思え、本人に「これがこれに変換されているのだろうから、無理もない。意外にそっちがまともかもしれない」と論理的に言うと、うそではなく、ちゃんと納得してくれる。

こんなことがあるのだ、とびっくりした。

これこそが相性というものなのだろう。

というか、私の頭の中がたぶん、かなりそういうヤバい状態に近いのだろう、放っておいても　笑。

私はその人たちに接してから、自分が自分を失っても、自分は大丈夫だと思うようになった。清潔でいられる。澄んでいられる。

軸があれば。

私の軸は小説だ。

だから、小説に感謝している。

デザインの天才、中島さん

心の片づけ、人生の片づけ

◎今日のひとこと

今以上に忙しい上に、赤ちゃんまでいた十五年前の私。

住んでいた場所からスーパーが遠く、しかもそのスーパーが二十四時間営業だったのであまり質が良くない野菜が多く、宅配の野菜を取っていました。

細かく吟味しているひまがなかったから、野菜も食材も米も定期便ばっかり。余らせて腐らせてしまうか、配るか。全く効率がよくありませんでした。

子どもが少し大きくなってきたとき、小さ

陽子さんのすてきな帯

い冷蔵庫の中身をやっと思い切り片づけました。

　賞味期限切れの瓶ものや調味料を処分し、スペースを作り。

　それはそれはものすごい量でした。どうやったらこんなにものが入っていたの？　しかも使っていないものが。忘れていたものが。

　にわかには信じがたいかもしれないのですが、冷蔵庫を片づけたら体調がすごくよくなったのです。毎日冷蔵庫を開けてごはんを作る度にちょっとだけもやっとしていた感覚がなく、そのせいかメニューも決まりやすく、胃腸の感じもいいのです。

　以来、やたらに定期便に頼らず、ちゃんと在庫を確認して買い足すことにして、気まぐれに買いものをしないようになりました。

　いちばん助かったのは経済、次に時間。いずれも人生にとってとても大きなものです。

　ちなみにもっとたいへんだったのは五十代になったときの洋服の整理でした。

　自分のライフスタイルがまだしっかり定まっていなくて、分類とか保管をちゃんと考えられなかった。ピンクのワンピースとか、もう似合わないのについ部屋着に残そうと色気を出したり、革ジャンが重すぎて着られないのに、高かったからと取っておいたり、かなりの迷走。[*30]槇村さとる先生の名著を何回読み返したことか！

　今もしっかりしているとは言いがたいですが、あの「着るものがない」という焦りはなくなりました。そして冷蔵庫と全く同じことが起きました。突然安定した気持ちになったのです。

家を整理整頓することと、断捨離は全く違う。

こんまりさんが「捨ててから全てが始まる」とおっしゃっているのは間違いではないんだなあと思いました。

捨てた後に、あまりにも早くいろんなことができるようになったことに、衝撃を受けました。

ただものを減らしたからではなく、頭の中がすっきりするのです。

あれもこれもではなくて「これだ」になるのです。

ほんと、不思議です。

世に片づけ本がなくなることはないわけがよくわかりました。

若いときは、「わかっちゃいるけどできない、だってあれもこれも知りたいから」だけだったことが、できるようになる。人生の残り時間を考えると、そろそろいろんなことが定まった方がいいってことなんだなと思いました。

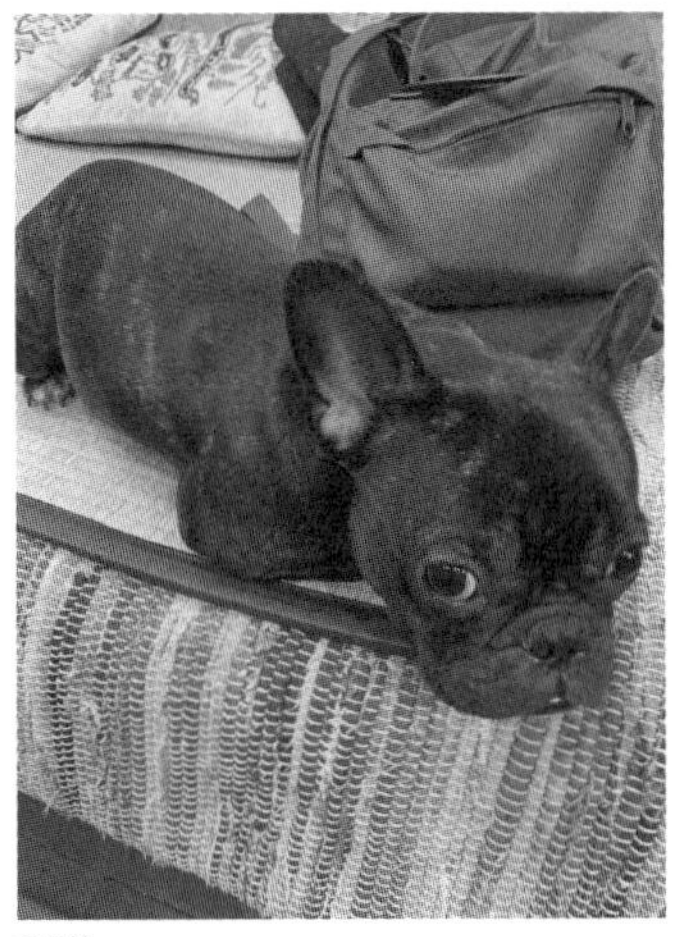

チラリ

◎どくだみちゃん

いやな音

ある男の人の奥さんが亡くなって数年。

その男の人に少なからず気がある若い女性が、亡くなった奥さんのキッチンを片づける場になぜか居あわせてしまったことがある。

男の人は食料品や調味料の片づけなんてできないので、
そして切なくってたぶん手をつけられなかったのだろう。

奥さんの面影がいちばん宿っているのはキッチンだから。

その女性が、賞味期限の切れたパスタを、ゴミ袋にどさっと投げる音が、すごくいやな感じで耳に残った。

ん？　と思った。

そして、なぜだろう？　と思った。今、いやな音が耳に残ったと。

次に彼女はふきんや菜箸をゴミ袋に落とした。やはりいやな音がした。

これはあとづけではない、その場で、そのことになにも疑問を持っていなかった、むしろ片づけてあげるなんてえらいなあと思っていた私が、ついはっとして顔を上げるほどいやな音だったのだ。

彼女は鬼みたいな怖くて暗い横顔をしていた。私ははっとした。

そうか、私だったら、投げ入れはしないからか。ゴミ袋の中にそっと置くだろう。自分だったら多分立って作業するということもない。床に座って、しんみりとやる。そう思った。

私が正しいということではない。私だってすごい乱雑なゴミ出しをして、収集してもらえないなんてざらだもの。

ただ、死んだとはいえ、捨てるものとはいえ、それは人のものなのだ、そう思った。

だからとてもいやな気持ちになった。

もし自分が好きな人の奥さんの遺品を片づけるとしたら？

私は、決して、音が出る方法で捨てはしない。そんなことはできない。自分が正しいとかいいとかではない。生理的な問題だ。

そうか、こんなところで本性が出てしまうんだなあ。

しみじみとそう思った。

その女性のことをにこやかで世話好きで気が利いて大好きだと思っていたのだが、

違うのかもしれないと思うようになった。

それから数年後、彼女はいきなり私に連絡の仕方が悪いと怒り出して、連絡を絶ち、私の悪口をあちこちで言うようになった。それで私から離れていった人も数人いる。

でも、いいと思った。そんなのはみんな切れた方がいい縁だ。

気味が悪かった。急に数人の人が冷たくなり、連絡をしてもあいまいな返事しか返ってこなくなり、たまたま同席しても笑顔も見せなくなったのだから。

たどっていくとその女性だけが共通項で、なるほどと理解したのだが。

そしてあのときにもしあの音を聞いていな

かったら、私はそのことに傷ついたかもしれないなと思った。なぜ急に怒りだした？　と。

誤解をとこうとがんばりさえしたかもしれない。


でも、あの音が、私に教えてくれた。縁を切った方がいい人だと。

もしかしたら死んだ奥さんがそっと私に教えてくれたのかもしれない。

声が小さくて、優しくて、強い言葉を言えなかったあのきれいな人が。死んじゃったあの人が。

ちょっと猫背で、お料理が大好きで、かわいかった人が。

由布院のホテルの亀

◎ふしばな
不思議な部分

こんまりさんの番組[*31]をこつこつと観ていて、ほんとうにすごいなと思ったことがある。その判断力だ。

私だったらついクライアントさんと一緒にじっくり考えてしまいそうなことを、彼女はサイキックなみにさくっと答える。

それで、いかにも渋りそうな人たちが、言うことを聞くのもすごいなと思う。

レズビアンのカップルが、今までサングラスやベルトは共有していたから、そして服の貸し借りも多いから、クローゼットは一緒にしたいと言って、でもここはこうだとか背の高さが違うから置き場所でもめるのよね、という話をしていたら、こんまりさんはきっぱりと「クローゼットは分けましょう、それぞれに違う部屋にして、貸し借りはその後で」のようなことを言い、すごいなと思った。そうしたらそのふたりの根深そうな食い違い、心の問題が解消されたのだ。

家を引っ越したとき、あまりにも急に決まったので、なんでもかんでも持ってくるよりほかなかった。それでもその前の家の雑然とした闇のような物置に比べたら全然マシだったのだけれど、ただ突っ込んで持ってくるという有様だった。

でも、広さとかそういうものではなくって、なぜか「この家は一生住む、もう引っ越さない」と思った家が決まったとき、荷物のほうが各部屋に吸いつくようにすうっと入っていったのを不思議に思った。

その前の家ではかなりいやがって押し入れにこもりきりになったり、怖すぎておしっこをもらしたりしていた敏感な猫も、すぐに家の中で遊ぶようになった。

引っ越しの日にちょうど辺銀さんちからかわいいパッションフルーツが届いて、お手伝いしてくれたみんなで食べたことも、すてきな思い出だ。

「ここだ」というところに決まると、全部が流れるようになんとかなってしまう、そのことを思い知った。ごり押ししたり、むりしたり、悲しい気持ちで決めてはいけないのだ。

それでも引っ越してすぐは、なぜか土地の怒りのようなものを感じた。

これも感じとしか言いようがない。

ここに住んでいることが喜ばれている気がしないという感じ。

しかし、だいじに思いながら一ヶ月、二ヶ月と住んでいるうちに、急にあるときふわっと家の方がこちらになじんできた。

もしかしたら前にここに住んでいたというおばあちゃんが、許してくれたのかもしれないな、あるいは、おばあちゃんを好きだった土地が、この人たちでもいいかと思ったのかもしれない。

私はたぶん、この家に住みながらいつか死ぬのだろう。

次に住む人が、自分の子どもではなく赤の他人であっても、この土地に入るとなんだかいい気分になると思うような、そんな住み方をしていきたいと思う。

賃貸であっても、分譲であっても、いい気を残せるような、そんな住み方をするのがいいと思う。

中華街の飾り

弱っているときには小さな声がちゃんと聴こえる

◎今日のひとこと

元気で、イケイケで、多少人の気持ちなんて気にしないでバリバリ行けるようなときって、それはそれですてきなもの。

元気で明るいから、まわりの人もその人から力をもらって、ちょっとしたことなんて気にしなくて、川の水みたいに勢いよく流れていくキラキラ感。

いいことも悪いこともいっぱいあるから、ただただ走ってる感じ。

いちいち今日のことを振り返ったりする時間がないから、なんかとにかくよかったな！って大ざっぱに思って寝てしまう。

ラバーガールのサイン

でも、そうでないとき。

半年前の私にはめんどうなもめごともあったり、後悔もあったり、死んだ友だちに会わない年末が三十年ぶりでぽかんとしていたり、インフルエンザになったり、中耳炎で長く聞こえなかったり、とにかく弱っていて。

用事をひとつやっと済ませたら、ずっと横になって臥せっていました。

夢の中では耳が聞こえているのに、起きたら聞こえなくて、がっかりしましたし、ずっと水の音が響くみたいにごうごういってるので、どこにいても休まらなかったり。

ずっと痛いとか聞こえないとか言って、臥せっているので、家族も少し暗くなったり。

そんなときにしか見えないものがあります。

弱っている人同士、あるいはもともと声が小さい人の、とても優しい小さい声が聴こえてくるのです。

ふだん、どれだけそういうものをすっとばしているか、よくわかるのです。

忙しいから、急いでるから、今は立ち止ま

この下に何かが

れないから。

でも、その期間に聴いた小さな優しい声が、束になって大きな声になって、私を包んでくれていたな、今はそう思うのです。

◎どくだみちゃん　お父さん、お母さん

マジックスパイスというカレー屋さんのママから、下北沢に行くからよかったら、というメッセージがあったので、

「耳が聞こえなくて外出をしない日が多いので、調子がよかったら行きますね」とふつうにお返事をした。

そうしたらとてつもなく優しいお返事が来た。

「あ〜、かわいそう、でもあした病院開くから大丈夫、もう大丈夫」

そんな感じの。

声が聞こえてくるような、そっと手に触れてくれるような、お母さんの声（うちにはそういう母はいなかったが、世界の母！　イメージというか）。そんな感じだった。

日本中に店舗があるあの大きなお店を創ったのはマスター。でもママのこの太陽のような、しみこむ光みたいな優しさが、その力を支えているんだなと素直に思った。

マスターは仕事でいろいろあって、すごく落ちこんでいるとおっしゃって、顔色も暗かった。右手も痛めてしまい、肘がすごく痛くてねと。

夫がマスターにちょっとの時間ロルフィングやCS60をしたりして、少し手が動くよう

になったけれど、気持ちが明るくならないとなかなかつらいですよね、私も耳が聞こえないとなにをしても何倍も疲れちゃって、と言った。

帰りにマスターが、お店にあったお気に入りの石のブレスレットを、私が持っていった「本のお礼に」私の手にはめてプレゼントしてくれた。

ありがとうございます！　と言ったら、その石の説明をしてくれた。体にいいらしくて、いっぱいネットに情報があるよ、うちの娘もいろいろ調べてすごく詳しくなったんだよ、と。

でもなによりも、ブレスレットをしながら、そっと私の腕を包んでくれた手の温もり、その優しいまなざしを見ていたら、泣きたくなった。とてもいいものが腕からじわっとしみてくる感じがした。

まるで世界中の人のお父さんみたいな。

さすが命をかけておじょうさんを守ったことがある、勇者なお父さんだ。

お店のお父さん、お母さん。

ほんとうの息子さんと娘さんたちのお父さん、お母さん。

お客さんたちの、お父さん、お母さん。

たくさんの役割があるのはたいへんなことだけれど、彼らの持っている不思議な力はあのお店のカレーの味にしっかりと入っていると思う。

それは、苦しんでいる人の心にしっかり届いていると思う。

あのお店に、過去つらいことがあった芸能

関係の人がよく来るのは決して偶然ではない。

あのカレーの中にしか入っていない、善意のようなものが、しみてくるのだ、弱ってるときには。

食は魔法。

魔法を使える手を持っていたい。

マジスパのご夫婦

◎ふしばな
タムくん

調子が悪い、ほんとうはタイに行くはずだったのに、耳がまだ治らなさそうな期間だから少し延期するねと言ったら、タムくんがメールをくれたり、ヒーリングしてくれたり、しばしやりとりをした。

私はタムくんとも奥さんともうんと長いつきあいだ。

並行世界の甥っ子と姪っ子みたいな、そんな感じがするかわいいふたり。

なんでふたりが「おばちゃ〜ん」とかけよってくるほんものの親戚でないのか、当初からずっとわからない、そのくらい親戚っぽい気持ちだ。

初めて会った頃、いつもタムくんのために動画を撮ったり、通訳をしたりしている奥さんがたいへんだなあと思い、すごく気にかけていたら、タムくんが「ぼくがいなくても彼女に会っていいんだよ」と言った。ばななさんは彼女が大好きだから、と。

そういうわけではなくって、いつもタムくんのためにいろんな心配りをしてるから、気にしてるのよとも言わなかったけれど、そのタムくんの感じが、やきもちでは全くなく、ものすごく普通な感じだったから、いいなと思った。

タムくんの名言はたくさんあるのだが、最近でいちばん感動したのは、うちの子に向かって、「飽きた？　大人のごはんって長いよね。正直、僕にとってもちょっと長い」と言ったことで、私も、そうだよね！　と思った。

そう思っていいのか！　というか。

タムくんのヒーリング力がどうとか、そういう話ではなくて（でも、すごく伝わってきた。あの絵にそっくりな光と安らぎと安心感が。それが彼の持っている才能の力なんだと体感した）、そのやりとりの中で、変ななぐさめやムダな感情や、せかすような感じが全くなくて、今言うべきことだけをぽつりと、そしてきちんと立ち止まるような感じで言い、ずれることがないそのブレなさに、タムくんが絵を描いてきた道で、なにを言われようとまっすぐに大切にしてきたものの強さを感じた。

人がひとり、静かにちゃんと心の中を大切にして生きてきたことって、こんなにもちゃんと伝わってくるんだと私は思った。

弱っているときでないと、ここまでちゃんと立ち止まって、タムくんの存在の強さ、今にしかいない重みを感じることはなかったかもしれない。

立ち止まるのも、弱さも、うんとだいじなんだ。それが自分の今なら、そこでちゃんと見るべきものがあるんだ、そう思った。

同じ頃に、本田健さんとやりとりをした。

私の中でクリアでなかったもやもやを、本田さんが数行の言葉ですうっと、しかもサクッと払ってくれた瞬間があった。ほんとうに空気を剣で切るみたいに、ぱっと変わったのだった。

この人が本の中で示しているシンプルでクリアな感じ、それはビジネスに長けているからではなく、持って生まれた大切な才能なんだと思った。

本田さんが紹介してくれた來夢さんという占星術師のお姉さんが、サバっとした声で「でもあなた、必ず元はとるよね。ネタにしたり。転んでもタダでは起きないよね」と言ったのがよくわかる。

私はいつも痛い目や怖い目に遭うけれど、その弱っている時間にかけがえのない人たちの優しさに触れる。

まるで沖縄に「模合(もあい)」があるように、こんなふうにだれもがさほどむりせずに出し合って助け合って生きていけるなら、人は幸せなんじゃないかなあと思うような。

そのときは痛かったり、具合が悪かったりして、嬉しい！　とかありがとう！　とかいう感情さえも死んでいて、「小さい声でありがとうと言い、でもすぐ家に帰って寝るしかないから暗い顔で帰る」みたいな感じなんだけれど、後になってその宝物感で胸がいっぱいになるような。

弱っているときにしかわからない、その受け取れる感。

急にやってきて花束をくれたちほちゃんの「むりして来ることないのに〜」と言った、ユザーンくんの優しい声。

レストランで息子のお祝いをしてくださったピンクのワンピースの色。

ＥＩＪＩくんが真剣に心配してくれる力強い言葉。

前田知洋さんの笑顔。

今にも泣きそうに見ていてくれるいっちゃんのハの字のまゆげ。

私が少しでも調子がいいとすごく嬉しそうにする家族。

タイラミホコさんとミントンさんののぞきこむ顔。

いっしょに怖い夢まで見てくれたまーこさん。

おせちを渡してくれるいち子さんの手。

近所まで来て「話聞くよ」と言ってくれたすみちゃん。

完璧な言葉をいつもしゅっと送ってくれたまみちゃん。

約束した日に行けなかったのに怒らないで心配してくれたのんちゃん。

温かくしてとイヤーマフをくれた亜矢ちゃん。

とにかくそっとしておいてくれたこえ占い千恵子ちゃんの力強い声。

まだまだ、たくさん、たくさん、書ききれないほど優しいことがあった。

今やっと、耳が痛くて高熱だったときに触れたそういう優しさをふりかえって、しみじみとお礼の気持ちを温めている。この世のどんなものより温かいその感触を。お腹の上に乗っているフレンチブルくらいに温かい。

おまけ

三十年間、一年に一回も観てもらわなかったことがなかった友だちが死んで。作家になって初めて、一年に一回も観てもらわなかった、彼女に。こんな日が来るなんてまだ信じられない。

ほとんど同じ時期にデビューして対談で意気投合して、財力は違えど　笑、ずっと友だちでいたさくらももこちゃんもいなくなって。

そして私がイタリアで初めて本を出して売れたときに、ものすごい勢いで応援してくれたインゲおばあちゃん。オレンジ色が好きで、いつも勢いあふれるカードをくださった、イタリアでの私の出版社を作ったご夫婦の片割れである彼女もついに亡くなって。

オフィスを引っ越すことになって、何十年も持ち越していた荷物の整理をして、ほとんどみんな捨てて。

紙の書籍では書き足りなくて、どんどんネットで書いて。

全てが新しいことばかりだ。

裸一貫ってこういう気持ちなのだろうか？と思う。

むりにでも過去ときっぱり別れなさいって神様に言われたみたいな、そんな気がする。

「わかりました、きっぱりと前を向きます、生きられるかぎり生きます。そして書きまくります」

私は言った。

だれにでもきっとこういうときがあるんだろうし、来るんだろう。

そんなとき、私の言葉をちょっとだけでも思い出して力に変えてもらえたら、いろんな体験をした人冥利につきる。

いちごの山

他者がいる意味

人は、人を助けるために生きているんだ。だから自分ごとは二の次にして、他人ごとにちゃんとかかわろう。

◎今日のひとこと

尊敬している兄貴も桜井章一会長も、全く同じそういうことをおっしゃっています。

私はそれをよくわからないまま、ただがむしゃらに生きてきて、書くことでは確かにそういうふうにしてきたので（基本的に書くのは一年、読んでいただけるのはたった一日のお仕事なのだが、もしも人の心に寄り添えるなら全く苦にならない）最近やっとそれが少

大神神社のいのししタペストリー

しだけわかってきたのです。

他人ごとにかかわるということに祭りとかボランティアみたいなめんどうくさいイメージしか浮かんでこなくて、「それはむり」と思っていたのですが、彼らがおっしゃっているのは「人に時間を割け」ということではなく、「自分のためだけに時間を使うな」というシンプルな意味だったのです。そのふたつって同じようだけれど、大きく違うんです。

農業をやっている歳上の友だちが、自分の畑で芋掘り祭りを無料でやる意味を、こんなふうに言っていました。

「近所の人が、ただごはんを食べたり話し合うのではなくて、お年寄りも子どももみんなが汗を流して芋を掘って、煮た芋を一緒に食べて、掘ったぶんは家に持って帰れて、大地に感謝して、気持ちも体も動く。腰が曲がった、行きはやっとやってきたおばあさんが、元気になってカートいっぱいに芋を持って帰るのを見て、おばあさん含めてみんなで笑い合う。それこそが信仰であり、祭りというものの意味なんだ」

その日のために、自分だけが毎日苦労して芋を作っているとか、ただで持って行かれてしまうとは決して思わない、その日のみなの笑顔や感謝の言葉を見たら、なにもかも吹き飛ぶ、と。

私が小説を書くというのも、それと全く同じだなと思いました。

私の場合職業なので無料では提供してないけれど、取材費や、かけた時間、苦しみがみんな吹き飛んでしまうのは、だれかの命に力をあげられたとき。

偉大なそんな人たちの言うことは、とてもシンプルでした。結局は、自分のまわりのごく小さい十人くらいの輪にいつもほんとうに平和にしっかりとかかわれたら、それぞれがまた十人を担当して、大きな化学変化が起きうる。個人の居場所がちゃんとあることから世界は平和に変わる、そういう意味だったのです。

私がよく書いている、町工場の親父さんみたいなイメージです。

これまでに見てきたいちばんうまくいっている組織というのも、たいてい町工場の親父さんだったので、すごくしっくりきます。

いちばんうまくいっていなかった組織……オウムとか連合赤軍みたいに、自分の仲間を自分たちが殺すという理屈を持ってしまう人たち。その真逆であります。

宇宙とか愛とか平和を説く団体の内部がいつももめてるのって、おかしくないですか？でも必ずもめていますよね。そこを平和に運営できないで、どうやって世界の平和を治めるんだろうなっていつも思います。

もめるのは当然、でも違いを活かすためにもめごとを生かす。

そういう関係があれば、人は毎日を生きていける気がします。

己のことだけ考えて、己のしたいことのためにだけ動き、行きたいところに行き、自分の好きなことだけを追求する。

それは一見いいことのようだけれど、やってみるとやっぱり違うのです。すぐなんらかの形で破綻してしまう。

もしそれをしたいなら、その百倍くらい人(せめて身近な人)のことを考え、行動し、助けないと人生がけちょんけちょんになってしまう。そういうのをいくつものケースで見てきて(五十人ぶんくらいは見た)、やはり間違いないと思うようになりました。

己のことだけにかまけている人は、なんらかの形で病んでしまうのです。

孤独は人間に必要な真実、かといって人は自分にかかわる人がだれもいないと生きられないのだと思います。

あるアーティストが、ものすごい貧乏暮らしをしていたのです。

彼はご両親が亡くなって遺産がたっぷり入って、急に高級マンションに暮らしはじめましたが、生活はほとんど変えませんでした。

結婚もせず、お子さんも持たず、自転車で動き、趣味を極め、作品を作り、静かに暮らしている。あいかわらず己のためだけの生き方ではあるけれど、変わらないなんて立派だなと思っていたら、やはり、違ったのです。

お仕事のお話があったのですが、なんとなく進みにくいので迷っていたら「吉本さんなんて実は大したことないけど、使ってあげなくもない」とその人も担当の編集者さんも言っているので、止めたほうがいいと真摯に伝えてくれた人がいました。

そのアーティストも編集者さんもそんなことを言いそうにない人だったのに、聞いたとき、なぜかすごく心の中でしっくりきて、あぁ、なにかが変わってしまったのだなと思いました。また、そういうのってなぜかこうしてバレるんだよね、必ず　笑!

年齢を重ねた人たちが、日々の生活にかかわる行動をしたくなくなったとき、食べたいという気持ちが消えたときが、この世を去る準備をほんとうにするとき。

生活すること、体を動かすこと、ダンボール箱を開けること、ごみを捨てること、穴のあいた靴下を捨てるかまだ履くか判断すること、だれかを迎えに駅に行くこと、食べ物を準備すること。そして人とのちょっとしたいさかい。そんなわずらわしいことこそが、生きることそのもの。

それを抜きにした思想は人を救えない。

自分のできること、向いていることを世界に提供していこう、無償であれ有償であれ、力を貸していこう。自己満足にではなく、様子を見て、できることをできる形で。

友だちの家のすてきな生け花

そもそもそういうふうに助け合うようにできているなんて、なんとこの世ってすばらしいのだろうと思います。

だから私は書くことと生きることを、やっぱりイコールにしていこうと思っています。

不器用だから、できるかぎりではあっても。

◎どくだみちゃん

踊る

みんなでフラを踊っていると、ふわっと時間がなくなることがある。

音楽と、みんなの気持ちと、曲の内容がひとつになって、甘い風に包まれる。

時間を超えて、宇宙に入る。


そのとき、一緒に踊っている人のことを、完全に愛することができる。

その瞬間を終えたら、みんなまたいつもの生身の人間に戻る。言葉を交わし、それで軋轢が生じたり。

愛も何もなくなり、分離を生きるしかなくなる。

でも、あの光のかけらはちゃんと体に入っている。

それが他人がいる意味。この世に自分しかいないわけではない意味。

そのかけらは、人のために自分の時間を使って働いているどんな人の中にも生きている。

他人がいることをエンジョイすることが地球の遊び。

憎しみ合っていても、ここに互いがいる。

それを楽しむことが、宇宙に伝わる。

宇宙にとっての歓びに変わる。

アップ

◎ふしばな
正しい取引のむつかしさ

夫は果てしなく研究者肌で、できなくはないけれどほんとうはみんなでごはんを食べたり旅行したりするのには向いていない。生活にもさほど興味がない。

私はいったん座ったら立つのもめんどうくさいほどのめんどうくさがりやで、全くいろんなことにやる気がない。食べることと書くことくらいにしか興味がない。

そんな人たちが子どもを持って、自分以外の存在のためだけにたくさんの時間を使うというのは、至難のできごとであった。

愛だけが、それを可能にした。

物理的に多くの人に手伝ってもらい、なんとか経済を破綻させずに介護と育児を乗り切ったけれど、振り向くと「あれは変だった」(子連れで海外に行きすぎた……それでも必要最小限にしていたのだが、むだが多かった。

子どもがいない時代の動きのくせが残っていたのだ）、「あれは一歩間違えば命が危なかった」（子どもが、または自分が。渦中にいると気づきにくい）という時期がいくつかあり、人間というものがいかに強く柔軟であるか、そして脆いものかを考えさせられる。

いったん間違ったレールに乗ると、よほど意志のかたい人でも、修正はすぐには不可能なのである。事務所をたたむときもかなり（子どもを育てるのに比べたらそれほどでもないが）たいへんで数年かかった。

数年かかるくらいたいへんなことはなにかというと、なぜか物理的なことではなかった。むしろ精神の軌道をもどすのがたいへんなのだ。

それをたいへんにしないためには、「今ここ」だけしか見ないというシンプルな方法しかない。

私は昔から「フリーのガイド形式」の人たち（何人も知っている）のあり方はとても自然だがかなり高度だし、相手によっては微妙なものだなと思ってかかわってきた。

その人たちは特殊な国や場所に住んでいて、専業主婦だったりフリーランスの仕事をしていて、たまに友だちが遊びに来る。

そうしたら仕事を休んだり半休をとってガイドしたり、運転したり、お店の予約をする代わりに、食事をごちそうになる。

アテンド業の物々交換バージョンだ。

もしその人たちがお金を要求したり、「お支払いするからガイドをお願いします」と訪ねる方の人が言い出したとたんに、それは

「仕事」になる。たいていの人がそうならないぎりぎりのラインを体で知っている感じがする。

また、その人たちがもし優先的に「相手の要求を無視して」「友だちの宿や店」などをリコメンドしたら、基本、二度とアテンドは頼まれないだろう。

そして、もし異様にその人の時間を使い、旅人の意をくんで必要以上によくやってくれたなら、行く方の人も多少はお金を包むべきだろう。

そこでちょうどよい額を決めるのは、とてもむつかしい。全ての状況をよく見て、失礼にあたらないように多すぎず少なすぎずにしなくてはいけない。「そんなつもりはなかった」も「これだけ？」もないような、ベストの額が、ケースバイケースで都度考えなくてはなのだが、必ずある。

たとえば……もしその特殊な場所に住んでいる人にお金の余裕がうんとあれば、その人はきっと日がな一日アテンドしたりしない。それが自然なあり方だ。アシスタントに予約をお願いしたり、どこか一ヶ所くらい同行したり、会食だけいっしょにして「よくこの土地に来てくれた」とごちそうしたりするだろう。

このバランスこそが、大切なのだ。

私もずいぶん長い間、間違っていたところがある。

たとえば海外から下北沢にだれかが遊びに来てくれた場合、遠方までありがとう、と言って地元で評判の店での食事に招いてごちそうする。

これは問題ない。当然のことだ。

しかしそこにもし一日がかりの下北沢探索まで入ってしまうと、ごちそうになるべきはこちら。

これもどこから来たかとか、しょっちゅう来るのかとか、仕事かプライベートか、立ち寄った程度なのか、土地の人がいないとむつかしい場所を案内したのかなどによって全て違う判断をせまられるが、答えは必ずある。

そのあたりの線引きが多少むちゃくちゃだったなあ……と思う。

たとえこちらが多くやるということであっても、バランスが変になっていると、必ずそれが後日のトラブルに反映されるのだ。

昔のことだが、「これはすごく自然だなあ」と思える大富豪に会ったことがある。

イタリア人の兄弟で、ふたりとも気楽な服装（ただしよく見ればものすごくいい生地の）できちんと紹介を経たアポイントメントをとって、しかし前からガチでフィックスするのではなく、「イタリアにいるの？　時間があるなら○○さんが会いたいって」という感じで知人が連絡をくれて、空いている日をお伝えしたら、彼らが自分で車を運転して会いにきた。ポルシェとかマセラティとかではなくって、普通の乗用車だった。

彼らは広大な土地や畑や邸宅を案内してくれ、いつでも滞在してくれと言った。その作品にまつわるなにかを記念に置いていってくれたら、何日でも無料でいていいし、食事も出すよと。家族も呼んでいいよと。確かに広大な家の中にはそうして創作されたものや、ピカソやダニ・カラヴァンや草間彌生、世界的レベルのアートが点在していた。

そこをゆっくり歩いて一緒に回った。なんと豊かな考えだろうと思った。

お昼はその農園で採れた素朴なものを、その家にいつもいるシェフがささっと作ってくれた。

お兄さんと弟は仲が良く、冗談を言い合い、帰りも車で送ってくれた。

「イタリア語は意味がなんとなくわかるんだけれど、しゃべるのはむり」と言ったら、

「それはもう子どもが話し出すときと同じでひたすらためてるんだね、すぐに話せるようになるよ」（まだなってないけどね！）と弟が言い、

この人たちはなんてスマートなんだろうな、と思った。

見た目はそのへんのふつうの人たちなのに。

よく書く話なのだが、この世で最も不自然な大富豪にも会ったことがある。あまりにもヤバいので今回細部は割愛するが、ボディガードが家の周り全部に立っているような、大邸宅だった。

帽子だけでひと部屋とっているくらい。その部屋はうちのひと部屋分くらいはあった。

そこにうっかり世話になって全てのお金を出してもらっている私もそうとうヤバいところにきたなと思ったが、まあ文化交流なのでしかたがない。そもそも金の出どころがわかっていなかったし、私は等価の行動をして去るだけだ。二度とかかわることはない。いちばんヤバいのはその会で間に入っていた委員長がそれからわりとすぐ亡くなったことで、なんて悲しいことだろうと思った。よほどの

ストレスがかかっていたのでは！

報酬を現ナマでいただいたのも初めての経験で、なにかしらヤバい事情があったのだろう。

その邸宅の人の後継の若旦那が途中で帰宅し、あいさつをした。

完全にヤバい仕事の人で、そしてこの世にこんな悲しい目をした人がいるだろうかというくらい悲しい目をしていた。代償という言葉を思い浮かべずにはおれなかった。

たとえば……私は基本的には、人と会って考えを話したり、なにか書くだけでお金をもらわなくてはいけない仕事だ。

長い間そう思わないように修行してきたし、今も堅苦しく線を引いているわけではなく自然にふるまっているが、「ちょっとここに数行無料で書いて」「よかったら一時間ほど考えを聞かせて」をちゃんと断れるラインをしっかり自覚して持っている。

私の屋号は私だけのものではなく、私の会社のものだからだ。

決して上から目線で言っているのではなく、ものを考えてお金をいただいて生活しているのだから、相談に乗ったり、考え方を語ったりするのは職業の一部なのだ。

もう少しわかりやすく言うと、「占い師にプライベートで会って相談してしまうのはアウト」「芸妓さんにプライベートで会うとき、着物着てお化粧してきてと言ったらアウト」というのを想像してもらえるといいと思う。

しかし、どれだけ多くの人が「なるべくサシで」「無料で」「できればごちそうしてほしい」というふうに私というひとりのプロフェッショナルに会いたがるか、想像を絶するほどだ。

きっと素直な気持ちなのだと思う。あの人に会いたいな、サシで会えたら楽しいな。ためになるな。お金もありそうだから、ごちそうしてくれるかも。仕事もくれるかも。

それは大切な幼い素直な気持ちだから、それはそれでだいじにしてほしい。

ただ、私はプロだから、応じはしない。

私の場合は、ひたすら書くことのほうが多くの人々を救うことができる率が高い。

同じく特技のあるプロどうしであれば、対等なので話は違う。サシで会おうよ、メシでもどう？　話があるんだよ、それは普通のことだ。割り勘だったり対価だったりで、どうどうと会える関係というのが、自然な流れでこの世にはちゃんと生まれてくる。

そうでない関係の人は、宇宙タイミングでばったり会うしかない。そうやって自然に違う世界の交流が生まれて、互いに刺激になる。

そういう人には、やはり対等な人たちがいるので、その人たちと世界を作り、良くしていくことができる。

どちらが上とか下とかではない、自然に会う関係でないという事実があるだけだ。

お金も力と考えれば、なにかしらを等しく、あるいは相手より少し多めに出して、あるいは出せるだけの気持ちの力を出して、互いに助け合う、それが、この世をダイナミックに回していくための、人間関係の要というものなのだと思う。出し合うものが等価でなければ、その関係はすぐ破綻する。おもしろいほどに。

簡単なたとえだが、自分がごちそうしていただく会（お誕生会は別。本人が言いださないとみんなが困る）では、アレルギー問題以外には自分の好き嫌いでメニューを決めない、そういう基本のことが、関係性の中でうっかりできなくなっていくことが多い。

だから、よく観察してバランスを見てみれば、その人間関係の未来なんて特に超能力がなくてもすぐわかる。長い目の収支を見るとややこしくなるので、その場だけでいい。その場、その瞬間に全てがつまっている。

赤ちゃんはその生命力を全世界に差しだし、場を浄化しまくっている。だから生きているだけで帳尻があっている。

病気やなにかで体が動かなくて役に立てないと嘆く人がよくいるけれど、その人が存在しているだけでがんばれる家族にしてみたら、一日でも長く一緒にいてほしいのだから、ちゃんと帳尻があっている。

帳尻があっているものだけがしっかりとかみあって動きだし、車輪が車を動かすみたいに大きな力を生みだす。ひとりでは出せない力が生まれる。それが自分とは好みも能力も全く違う他の人がいる意味だと思う。ぎゅっと握らずに、そっとそばにいるだけで、伝わってくるものを尊重して、相手の幸福を願うことだけが、人が他者に対してできることだと。

幻冬舎文庫

●好評既刊
吹上奇譚　第一話　ミミとこだち
吉本ばなな

双子のミミとこだちは、何があっても互いの味方。しかしある日、こだちが突然失踪してしまう。故郷吹上町で明かされる真実が、ミミ生来の魅力を目覚めさせていく。唯一無二の哲学ホラー、開幕。

●好評既刊
吹上奇譚　第二話　どんぶり
吉本ばなな

眠り病から回復した母、異世界人と結婚した妹とともに、吹上町で穏やかな日々を送っていたミミ。だが友人・美鈴が除霊に失敗し、少女の霊に体を乗っ取られてしまう——。スリル満点の第二弾。

●好評既刊
もしもし下北沢
よしもとばなな

父を喪い一年後、よしえは下北沢に越してきた。言いたかった言葉はもう届かず、泣いても叫んでも進んでいく日々の中、よしえに訪れる深い癒しと救済を描き切った、愛に溢れる傑作長編。

●好評既刊
下北沢について
吉本ばなな

自由に夢を見られる雰囲気が残った街、下北沢に惹かれ家族で越してきた。本屋と小冊子を作り、玩具屋で息子のフィギュアを真剣に選び、カレー屋で元気を補充。寂しい心に効く19の癒しの随筆。

●好評既刊
バナタイム
よしもとばなな

強大なエネルギーを感じたプロポーズの瞬間から、新しい生命が宿るまで。人生のターニングポイントを迎えながら学んだことと発見したこと。幸福の兆しの大切さを伝える名エッセイ集。

幻冬舎文庫

●好評既刊
ひな菊の人生
吉本ばなな

ひな菊の大切な人は、いつも彼女を置いて去っていく。彼女がつぶやくとてつもなく哀しく、温かな人生の物語。奈良美智とのコラボレーションで生まれた夢よりもせつない名作、ついに文庫化。

●好評既刊
アルゼンチンババア
よしもとばなな

変わり者で有名なアルゼンチンババア。母を亡くしたみつこは、父親がアルゼンチンババアと恋愛中との噂を耳にする。愛の住処でみつこが見たものは？　完璧な幸福の光景を描いた物語。

●好評既刊
哀しい予感
吉本ばなな

幸せな家庭で育った弥生に、欠けているのは幼い頃の記憶。導かれるようにやってきたおば、ゆきのの家で、泣きたいほどなつかしく胸にせまる過去の思い出が蘇る。十九歳の、初夏に始まる物語。

●好評既刊
ひとかげ
よしもとばなな

ミステリアスな気功師のとかげと、児童専門の心のケアをするクリニックで働く私。幸福にすごすべき時代に惨劇に遭い、叫びをあげ続けるふたりの魂が希望をつかむまでを描く感動作！

●好評既刊
日々の考え
よしもとばなな

遠くの電線にとまっている鳩をパチンコで撃ち落とす強烈な姉との抱腹絶倒の日々——。ユニークな友人と過ごす日常での発見。読めば元気がわいてくる。本音と本気で綴った爆笑リアルライフ。

幻冬舎文庫

●好評既刊
スウィート・ヒアアフター
よしもとばなな

大きな自動車事故に遭い、腹に棒が刺さりながらも死の淵から生還した小夜子。惨劇にあっても消えない〝命の輝き〟と〝日常の力〟を描き、私たちの不安で苦しい心を静かに満たす、再生の物語。

●好評既刊
すばらしい日々
よしもとばなな

父の脚をさすれば一瞬温かくなった感触、ぼけた母が最後まで孫と話したがったこと。老いや死に向かう流れの中にも笑顔と喜びがあった。父母との最後を過ごした〝すばらしい日々〟が胸に迫る。

●好評既刊
花のベッドでひるねして
よしもとばなな

捨て子の幹は、血の繋がらない家族に愛されて育った。祖父が残したB&Bで働きながら幸せに過ごしていたが、不穏な出来事が次々と出来し……。神聖な村で起きた小さな奇跡を描く傑作長編。

●好評既刊
サーカスナイト
よしもとばなな

バリで精霊の存在を感じながら育ち、物の記憶を読み取る能力を持つさやかのもとに、ある日奇妙な手紙が届き、悲惨な記憶がよみがえる……。自然の力とバリの魅力に満ちた心あたたまる物語。

●好評既刊
すぐそこのたからもの
よしもとばなな

家事に育児、執筆、五匹の動物の世話でてんてこ舞いの日々。シッターさんに愛を告白したり、深夜に曲をプレゼントしてくれたりする愛息とのかけがえのない蜜月を凝縮した育児エッセイ。

新しい考え

どくだみちゃんとふしばな6

吉本ばなな

令和3年12月10日　初版発行

発行人――石原正康
編集人――高部真人
発行所――株式会社幻冬舎
〒151-0051東京都渋谷区千駄ヶ谷4-9-7
電話　03(5411)6222(営業)
　　　03(5411)6211(編集)
　　振替00120-8-767643
印刷・製本―中央精版印刷株式会社
装丁者――高橋雅之

幻冬舎文庫

ISBN978-4-344-43147-8　C0195　よ-2-37

幻冬舎ホームページアドレス　https://www.gentosha.co.jp/
この本に関するご意見・ご感想をメールでお寄せいただく場合は、
comment@gentosha.co.jpまで。